當那些疾馳而過的愛情
以義無反顧的姿態衝撞碎落時，
我們是否還能在陽光裡美豔如花。

遺忘是一種讓人懼怕的感受，
它會讓那些經歷過的人和事變得輕如塵埃，
會讓你的某段歲月了無痕跡。

所以，
我急不可待地想要記錄下一些人和事，
為了那些有過的曾經。

距離在這個時代已經不是問題，
只是當你想見一個人而有諸多波折時，你會突然害怕，
害怕再也見不到他，

就像有時候在夢裡，那個人就在你對面，
但你怎麼奮力奔跑都無法跑到他的身邊。

感情裡，最痛苦的事情，
不是因為不愛而分手，這是成全。
而是原本還相愛的兩個人，
因為看不到希望而提前離場。
這一切是因為太過理性，還是太做作。
她也不明白。

沉默地選擇自己的路，沉默地喜歡一個人，
不會有其他人知道。

被晚安豢養的人

曉希 著

目錄

目錄

懵懂

> 我想距離真是一種殘酷的東西，
> 或許我們已經可以承擔離別，
> 卻還無法承擔愛戀，
> 我們只是孩童時期兩個要好的玩伴。

> **我們終會釋懷，**
> **那些年不曾成熟的感情**

　　有時候，我突然很想認真地想念一些人，不是內心有多渴望，只是害怕遺忘。我發現，某些被忽然提及的名字變得越來越陌生，某些被翻出來的情節亦變得模糊。

　　遺忘是一種讓人懼怕的感受，它會讓那些經歷過的人和事變得輕如塵埃，會讓你的某段歲月了無痕跡。所以，我急不可待地想要記錄下一些人和事，為了那些有過的曾經。

◆

　　鳶尾花先生之所以是第一個紀念的人，是因為他是我的「初戀」，好吧，如果六年級懵懂的喜歡也算是戀愛的話。鳶尾花的

本名是袁偉華，因為發音近似，成了我替他取的外號。他為此很惱火，自認是一個頂天立地的男子漢，怎麼能取一個花的外號。

　　鳶尾花先生生有一雙勾人的大眼，說話喜歡拖長音，聽起來像撒嬌，加上成績好，深得老師寵愛。靠個人魅力收了一幫小弟，專替他做些見不得人的勾當。比如，在某個女生的鉛筆盒裡放一條蚯蚓，聯合所有人孤立他看不慣的同學，偷偷在自己的考卷上多加幾分。那時候，我的成績和他不相上下，他經常指使那幫小弟欺負和孤立我，這讓年少的我增加了不小的心裡負擔。那時候的我內向、寡言，有些自卑，被孤立之後，越覺得缺乏安全感。

　　可是不知道為什麼，我對他卻討厭不起來，或許是成績好的人都自帶光環，比起他欺負我的斑斑劣跡，我更欣賞他在班級裡高高在上的那份驕傲。我時常看著他從老師辦公室出來，趾高氣昂地經過教室走廊，走上講臺傳達老師交代的作業。我喜歡悄悄追隨著他，關注他的一舉一動，甚至在家裡模仿他說話的語氣和走路的姿勢。沒有人能回答的課堂提問，老師總是叫他來回答，他會很有自信地站起來答完問題，坐下的時候把椅子弄出很大聲響。他的那份驕傲和我的崇拜成正比，每每這個時候，我都覺得他很酷。

鳶尾花先生坐在我的前面，隔著兩排座位的距離。那時候，我的每個作業本後幾頁，都被挖了一個小洞，透過它就可以窺到鳶尾花先生的一舉一動。他有時候會突然轉過頭跟後排的同學說話，眼神掠過作業本的狹小洞隙。我彷彿做賊般被抓了個正著，慌忙扔掉手裡的本子，心虛地低頭翻書包，取出一堆不需要的書。直到鳶尾花先生說完話轉頭繼續做作業，才敢慢慢抬起頭，有一種虛驚一場的釋然。這種偷偷關注的方式讓我很安心，一點小心思躲在一頁紙後面，是屬於自己的小祕密，帶著年少的悸動。

◆

　　後來，我決定寫封信給鳶尾花先生。我要把我對他的喜歡都寫在信紙裡，讓他知道。寫信的過程漫長而痛苦，常常是寫兩個字，劃掉，再寫，再劃掉。寫好之後，自己認真地讀了兩遍，覺得把自己都感動了才滿意。信紙是經過挑選的，一筆一劃地把那份青澀的心情謄寫上去，再折成一個漂亮的形狀。信的結尾，我直接問他可不可以在一起。

　　現在的我，很懷念那時候的自己，勇敢、坦白、敢愛、敢

恨。這應該是我寫的第一封、也是唯一的一封情書吧。

　　信是拜託我的閨密、鳶尾花先生的鄰座同學幫忙轉遞的。看完信的鳶尾花先生在信的末尾用紅色原子筆寫了兩個字：可以。就像作業的批註一樣。

　　我們可不可以在一起？
　　可以。

　　這是懵懂的年紀裡，懵懂的情話。而這類似一種承諾的表現，帶給我們的改變，也僅僅是從那以後，我再也沒有被鳶尾花先生欺負。我們沒有單獨見過面，沒有牽過彼此的手，就連面對面說話都很少。

　　後來，他跟我說他也喜歡我。我問他，那你為什麼還總是欺負我？他說，就是喜歡欺負你。那時候，幼小的年紀裡，表示好感的方式就是敵對。把自己對對方的在意變成對立的情緒和行為，似乎這樣才能引起對方注意。

◆

升上國中之後，我們分在了不同的班級。交談變得越來越少，卻會偶爾寫信，儘管只是幾個窗戶的距離。他看到我和某個男生在走廊說話，會寫信給我；他聽說我參加了某個競賽，也會寫信給我。兩個人在幾步路的距離裡，用書信的方式表達著情緒、心情和年少時的念想。

　　兩年後，我離開生活了十多年的城市，搬回老家。自始至終，我沒有跟他告別。他是從別人口中知道的。他寫信給我，問我一定要回去嗎？我回覆他：是啊，轉學手續都辦好了。歸期定下來後，我經常會暗自掉眼淚，想起他，想起一起玩到大的好朋友，都令人難捨。

　　離開之後，我沒有再收到他的來信，寫去的信也杳無音信。我想距離真是一種殘酷的東西，或許我們已經可以承擔離別，卻還無法承擔愛戀，我們只是孩童時期兩個要好的玩伴。

　　只是，在某次整理房間的時候，偶然看到被壓在母親枕頭下的賀卡。一打開，音樂就歡快地響起，一個立體的房子跳出來，一行簡單的英文，寫著：I love you。賀卡旁邊還有幾封信，滿滿的都是離別後的想念和喜歡。我細細地讀完，又重新放回母親的

枕下，再未提及。

　　學生時期的戀愛在父母眼中是罪大惡極的，母親扣押了我們的來往書信，將這份青澀的情感生生阻斷。可是，我卻不恨她，只是為曾對鳶尾花先生有過的怨恨和抱怨心生愧疚。時過境遷，即使母親不干預，我們稚嫩的感情也終會在時間裡淡薄。我們都太年輕，還無法承載一份感情的重量。

◆

　　很多年後的一個下午，我在辦公室休息，電話鈴聲意外地響起來，竟然是鳶尾花先生。被找到的意外讓我失語，不斷重複的只有一句話：太不可思議了。我驚訝這麼多年過去了，電話號碼都換了多個，他怎麼找到我的？他說有很多巧合，也費了很大周折，前後問過十多個人才聯繫到我。

　　那天，我們聊了很多，從小時候的童年趣事，到成長後各自的生活，只是我們都不曾提到離開後的杳無音信，也不曾提到各自的感情經歷。曾幾何時，兩個很少言語交流的少年，現在竟可以如此毫無障礙地說話。不禁感慨，那時都太過年輕，一切都過去，我們都不再是當年的男孩和女孩。

能夠找到彼此，著實讓我們興奮了一陣，只是這種興奮沒有持續多久。我們有了對方的通訊帳號、電話，偶爾會留言，過年會發祝福罐頭訊息，卻不再有任何聯絡。

　　其實，我能理解，畢竟我們在不同的時空裡，已然走出了對方的生活軌跡。童年往事再深刻，再令人回味，都已是過去。找到彼此，或許只是了一個孩童時的掛念，找到了，也就心安了。

　　我們終是有了各自的生活，再無交集。

恐懼

他一直都不知道該如何表達自己的
感情，他愛得熱烈卻又封閉，希望
自己的感情能有宣洩，可是卻找不
到正確的出口。

" 我終將遇見你，
就像終將與你告別 "

　　她是個廣播主持人，也是個文字控。在一個夜晚，她收到一則很長的訊息，內容是一個男子和一個已婚女子的愛情故事。和很多分享故事給她的聽眾一樣，從初相識的驚為天人到相愛時候的幸福甜蜜，再到結束時候的慘烈痛苦……故事很長，卻被描述得清晰流暢。

　　這是一個有些霸道的男人。她在心裡想。

　　她回覆：寫得很好，可以在節目裡分享嗎？

　　他說可以。

　　整理文稿的時候，她有些猶豫了。她不知道將一個有家庭的

女子和一個單身年輕男子的故事分享在節目裡，聽者的留言會不會將主人公置於難堪的境地。一向以故事能引發探討和質疑為素材選擇標準的她，竟然有了惻隱之心。

她沒有解釋她的食言，他也沒有再問及，這件事不了了之。

他還是會偶爾傳私訊給她。他說想去敦煌，希望她能當導遊。她委婉拒絕了，但他卻執著地邀請。她覺得好奇，這個男子從哪裡來的自信，覺得她會輕易和未見過面的陌生人一起出行。

◆

在酒吧喝醉的時候，他傳訊息說在聽她的節目，她心生柔軟。因為一段過去了兩年的愛情，他疼痛買醉，跋扈地在舞臺要來麥克風唱歌。她想勸慰，他的回應咄咄逼人，她放棄了和他說話。

「我要去美國了，這段時間，沒人煩妳了。」他在私訊裡說。

在這之前，她已經習慣了每天有他的私訊。爬山、外出、聚會、工作，甚至花店老闆娘幫他打理的鮮花，他都會在某個時段以圖片的形式傳給她。這樣的對話很真實，儘管她從不去考慮網路另一邊的他是不是真實存在。她是個理性的人，不會輕易相

信，也不輕易投入。當然，基本的禮貌是應該有的。

「換我煩你啊。」她打趣說。

「真的嗎？說話要算數。」他似乎很高興。

「當然。」她篤定。

只是，她又食言了，帶著刻意。她一直是個被動的人，不願意輕易表達自己的感情，儘管忙碌之餘，她也會猶豫要不要主動傳訊息給他。

三天後，他的留言到來：說好的「煩我」呢？

看到這則訊息時，她笑了，比耐心，她總是豐盛有餘。她用「忙」搪塞，不過作為補償，她答應跟他用語音說晚安。

跨越半個地球的距離，十二個小時的時差，她在明媚的陽光裡對地球另一邊的他說晚安。語音錄了很多遍，不斷地被她取消重來，在不確定的反覆裡，她突然有了一些奇妙的感覺：這個聽過她兩年聲音的男子，是不是真的用她能感覺到的模樣存在？

◆

第一次從電話裡聽到他的聲音，是在她回家的漫長路上。那

條路，她總是在下班後搭計程車或者坐公車匆匆而過。她從未想過這條路徒步需要五十分鐘，也從未想過她會穿著細長的高跟鞋走回去。他說要打電話給她的時候，她穿過馬路，走上河堤。

初春的河堤，人來人往，到處是閒散的人群。他的聲音入耳的瞬間，她看到柳枝在斜風裡飄蕩，不斷地在眼前畫出一個又一個抽象的線條。他有著比實際年齡年輕很多的聲音，她恍惚以為在和高中生講話，這與她腦海裡構想出來的模樣不同。

第一次通話，兩個人沒有陌生的感覺，很自然地聊起各自的生活狀態。他是某公司的高階主管，有著和她完全不同的生活模式。因為主要負責海外市場，他經常在西半球奔波。

她周圍從商的朋友不多，她對這樣的生活充滿好奇，時常會像小孩子一樣追問為什麼。她也聊了很多她的生活、專業和工作。聊天的同時，她會被一些小風景吸引，偶爾飛過的一只風箏，一個初學走路的幼兒，一個氣質優雅的美麗女子，或者天邊漸漸隱去的晚霞。她第一次發現，生活有很多值得關注的美好，而不僅僅是工作。

後來，每天在河堤上的通話，成了她下班後的重要活動。她

總能在這樣的對話裡尋得輕鬆的感覺，這感覺有點類似工作了一天之後做一場SPA。

　　有時候他們會故意互相調侃，他說話隨意，沒有太多禁忌，不像一些嚴謹的商人言談舉止都謹慎克己。她喜歡他骨子裡的驕傲，這可能和他從小優渥的生活有關。這讓他有一種強大的自信，讓聽到的人和他一起變得篤定，無以質疑。她能捕捉到他與生俱來的優越感，卻並不令人反感。

　　她從每天近一個小時的電話聊天裡，一點一點地了解他，也一點一點小心地打開了自己。

　　沒什麼事的時候，她會刻意拉長這段回家的距離。或者在社區門前的長椅上坐一下，或者把腳步放得再慢一點。偶爾，他們也會聊起他的過去，那個一直讓他不能釋懷的女子。她從來沒有勸慰過他，只是認真地問，或者安靜地聽。

◆

　　他們的關係比之前隨意了很多，他會偶爾開玩笑要她做他女朋友，她從不當真，只是開著玩笑轉移了話題。

　　她是一個沒有安全感的人，不願相信突如其來的靠近，也會

本能地拒絕沒有理由的溫暖。他們沒有見過面，光是這一點，就可以瞬間推倒她對他的所有認知。如果身邊朝夕相處的人都可以展現出多張面孔，那麼這個隱藏在通訊軟體裡的人，會有幾分是真實可觸的？她不知道，因此本能地拒絕他的靠近。

只是，她明白，這個男子用很多細節吸引著她，也暖著她。

他彈鋼琴，時常會選她喜歡的曲子，錄好以後分成幾節傳給她。她總會在聽著這些音符的時候，想像他坐在鋼琴前跳躍的手指。他的手指應該是纖細好看的吧，她想。他拍辦公室桌子上的星巴克馬克杯給她，她無意中說很喜歡，於是他在自己的工作群組裡，請世界各地的業務員買來寄給她。

他會在每次飛機起飛前的最後一刻，傳訊息給她，他說現在空難那麼多，最後一句話總要留給最重要的人。於是，她會鄭重地回覆他：平安。他會把自己覺得好吃或者好玩的東西拍給她，問她喜不喜歡，無論她的回答是什麼，他都會寄給她，有空運來的楊梅，有日本的生巧克力，有美國的柳丁。

她是個有些認床的人，有時候出差會睡不著，他會和她語音，念他以前寫過的小說給她聽，聲音溫柔，直到她沉沉睡去。

不知從什麼時候起，他開始很認真地說喜歡，然後很認真地說愛。她知道她早已經熟悉了他說話的表情，就如同熟悉自己心跳的節奏。

某個不願回家的傍晚，她走過了一座長長的橋，繞了一大圈，找了一個長椅坐下。他在電話裡用請求的語氣希望她做他的女朋友，她有些不知所措。她不喜歡在虛幻的網路場景裡談真實的情感，她不喜歡在還沒有見面時就倉促地說愛。可是，在他面前，她的防備和認知都被顛覆了。她有些患得患失，她怕自己的拒絕會讓這個驕傲的男人轉身離去。

其實，她應該知道，可以輕易離開的人是不值得愛的。可是，那些用來勸慰別人的話，在面對自己的忐忑時沒有絲毫作用。他請求了很久，她或者搪塞，或者沉默。可最後依然無以抵擋她心底的愛情之花完美綻放。有時候，愛情的到來就是瞬間的選擇，當她說是的時候，她發現，她已經喜歡上了這個男人。

◆

她出差到C城，某個中午她和幾個當地的朋友吃飯。他打來電話，說：我想過來，妳不是說我們太虛幻嗎，我們見面吧。

她內心複雜，既忐忑，又期待。她一直不能明目張膽地說愛，儘管他已經是她默許的男友。他們在通訊軟體裡聊天、親暱，他們互稱老公老婆，他們早就在照片裡看過彼此，可她還是覺得不夠踏實。有時候，她會在聊天的時候極度渴望見到他，這種渴望讓她煩躁。

　　她最終只是安靜地在飯店等他到來，她利用等待的時間洗澡，換了乾淨的衣服，噴上喜歡的香水，描畫眉眼。她想像他們見面後的兩種結果，也許更愛，也許不愛。

　　他的航班在夜晚十二點抵達，從機場到市區還需要一個小時。他勸她去睡一會，她不肯。快到的時候，他說他訂了離她很近的另外一家飯店。她有些驚愕，什麼都沒有說，內心卻翻江倒海。他沒有做好見她的準備？他有什麼事情是不能直接面對她的嗎？他不是明明說要見面丟棄掉這份虛幻嗎？她沒有答案，只能肆意猜測。

　　入住之後，他打來電話，我們視訊吧。

　　這是他們第一次視訊，靜態的模樣變成了可以活動的畫面，他的表情清晰可見。他比照片裡更令她心安，因為此刻在螢幕裡的他很愛笑，笑起來有一個淺淺的酒窩，和照片裡完全是兩個模

樣。她喜歡這個微笑，踏實，溫暖。

「你不打算給我一個解釋嗎？」她盯著他的眼睛問。她知道他不喜歡被人盯著看，可是她目光堅定，她想要一個答案。

他緩緩說：「來見妳的途中，我突然有些害怕，害怕自己再次深陷，害怕自己愛而不得，害怕受傷害。這種恐懼感讓我不敢面對妳，對不起，這次我們還是不要見面了。」他說這些話的時候，目光低垂，偶爾抬起頭看向她，很快又轉移了視線。

她費解。他一直在說愛她，說要娶她，可當她毫無保留地準備接納他的出現時，他卻恍惚得只剩下一些畫面。看著螢幕中的他，她不知道該說什麼，如果跨越幾千公里，只是為了在離她更近的地方和她視訊，雖然有些奢侈，卻也無話可說。她知道他的脾氣，有時真的沒有道理可循。

第二天，她頂著黑黑的熊貓眼去開會，枯燥的內容讓她昏昏欲睡。他傳訊息給她，詢問她的地址，她傳了回去。不一會兒，他說，我在你們會議室門口。她忍住想要轉身看他的念頭，他的克制和謹慎讓她有些受傷，如果他真的不打算讓她看見，強求會顯得多餘。

會後，她默默收拾好東西，返回飯店。在飯店門口，他開著一輛車從她身邊飛馳而過。那個時候，他們正在通電話，他說他看到她了。還沒等她做出反應，他已經和他的車急馳而去。她有些難過，為什麼這輛載著她喜歡的男人的車子，不能緩緩停在她身邊，然後帶她一起離開。

　　下午，她陪他視訊。他們在不足五百公尺的距離裡，有一句沒一句地聊著天，直到太陽西沉，華燈初上。她在千篇一律的飯店陳設裡看見孤寂正一點點吞沒自己，猶如這逐漸到來的黑暗，將白晝蠶食得所剩無幾。她感覺有些冰冷，覺得很委屈，她不明白為什麼喜歡的人近在咫尺，她卻無法真實地觸摸。

　　突然，她不知道從哪裡冒出來的勇氣，用毋庸置疑的態度跟他說：「我要見你，無論你是不是要見我。十分鐘後我會出現在你的飯店門口，我只待五分鐘，五分鐘後如果你還是不願見我，我就離開。」

　　不容他再說什麼，她快速地換好鞋，出門。這個城市在黃昏裡的模樣恍惚得如同一扇雨水打濕的玻璃窗，她看不清楚前方，看不清楚自己。她走得很快，她怕自己一時衝動鼓起的勇氣，會

被某個街角的紅綠燈滯留。

　　她是個被動的人，對待感情也是一樣，她總是相信「是你的終究是你的，不是你的再強求也無用」。可是，這次她顛覆了自己過去幾十年一直如影隨行的謹小慎微的習慣，固執地把跟隨了她很久的矜持丟掉，就這樣毫無防備地想要靠近他，看到他。她不要虛幻的愛情，只想要真實的擁抱。

　　她用不容置疑的堅定語氣問他的房號，然後直接上了電梯。他不在房間。她撥通他的電話：「回來吧，打開房門，我只是想看著你，和你說說話。」他在電話那頭重重地喘氣，她聽出他的緊張和糾結，她覺得有趣，這個自信又霸道的男人，在她的步步緊逼下，像一個被困進風箱的小老鼠般驚慌失措。

　　彷彿糾纏了許久，他終於答應回房間。按照他的要求，她閉上雙眼進門。她嗅到他從自己身邊經過時好聞的氣息。她一步步循著聲音靠近他，他明顯地抗拒、後退，最後被她逼進洗手間。他緊張地關上洗手間的門，語氣裡充滿無措。

　　她忽而感覺有些累了，靠在門口的牆壁上無力地說：「出來吧，我只是想見見你。」他還在糾結，他們就這樣在一門之隔的距離裡尷尬相對。她覺得他們像在演一場鬧劇，她沒有辦法按照過

去幾十年的認知，理解此情此景何以發生。她的委屈如洪水般氾濫，眼淚從眼角滑落。

她起身，拉開房門，走了出去。

他的聲音從身後追過來，她卻不再有期盼。有些東西再彌足珍貴，不屬於你，無論你怎麼努力，也無濟於事。

或許他們真的是兩個世界的人，他用盡力氣壘砌的防備，她無法明曉，更無法進入。或許，他愛的只是自己。

第二天清晨，她從一個深沉無邊的夢裡醒來，拿起手機，時間已過了九點。他在訊息裡說：「我走了，九點三十的航班，我只是想說，無論妳是否相信，我都愛妳。」她關掉手機，起身走到窗前。從十九層樓看出去，整個城市都是霧濛濛的，有飛機帶著巨大的聲響從頭頂劃過，她瞇起眼睛看向天空，心想這是否是他的那班飛機呢？他應該不會知道，幾千公里的大地上，一個渺小的身影正在抬頭尋望。

愛情是什麼？是不到最後不回頭的義無反顧，還是適可而止

的恰到好處？或許，什麼都不是。

　　她總是愛過的吧，雖然不知道以後是否還能繼續再愛。她輕輕對自己說。

無疾而終

當那些疾馳而過的愛情以義無反顧
的姿態衝撞碎落時,我們是否還能
在陽光裡美豔如花。

> 那些在生命裡刻了骨的人，
> 往往都無疾而終

　　午夜，昏暗的月臺是這個城市唯一清醒的角落，間或熱鬧著。偶爾一輛列車伴隨著巨大的聲響抵達，人群如潮汐般奔湧著四散，瞬間消失在夜色裡。這情景類似一種強大的吞噬，不留渣骨。

　　再次見到他時，他穿著黑色休閒西裝，清瘦白皙的臉一如五年前。她試圖將見面變得輕鬆些，主動上前拍打他的肩膀，然後笑著說：「你還是那麼帥。」他輕輕地笑，依舊是她熟悉的模樣，略微上揚的唇角含蓄內斂，讓人永遠不知道這表情背後的內心世界。見面之前，她想像的各種見面方式和情緒都成了多餘，無處著落。

她在幾公里之外預訂了飯店，他們攔了一輛計程車，一起離開。

　　長長的路綿延而荒蕪。他在前座，肩部的線條落進她的瞳眸裡，連同那些身體的冷漠和柔軟。記起那個紅葉飛舞的季節，陽光流轉，在間隙中搖擺；記起都市黑夜的霓虹，曖昧得有些憔悴。

◆

　　她與他的那些時光，喪失了明亮和溫暖，像地球邊緣的極夜，有著完整的黑暗。

　　她在A市的一所大學讀研究所。開學第一天，為了節省住宿費，父親幫她把行李放在寢室門口便匆匆離開，馬不停蹄地趕往下一班返回的列車。她一個人在陌生的環境裡，看著亂糟糟的寢室，到處是行李和丟棄的紙箱，無處落腳。

　　站在八樓的陽臺看出去，校園裡人來人往，所有的微笑都是陌生的，透著骨子裡的寒涼。她微微一顫，突然很疑惑自己為什麼會站在這裡。讀研究所是很多人的夢想，她也為了這個夢想苦苦奮鬥了四年，可當自己置身其中，看似一切都唾手可得的時

候，卻和眼前的一切找不到絲毫關聯。

　　她就是在這個時候認識他的。

　　不知道從什麼時候開始，她喜歡上這個笑起來有著淺淺酒窩的男生。這個大學期間只知道念書，每次考試都名列前茅的資優生，在那一年卻因為這場突如其來的遇見荒廢了學業。那些嶄新得只有一個名字的課本，那些陌生得怎麼也聽不懂的課堂，那些花花綠綠的講座海報，都成了那段日子裡最模糊的畫面。

　　他們偷偷翹課去溜冰，在各種聲音混雜的昏暗空間裡，肆意張揚；他們逃票去故宮，在無人的城牆邊不經意地牽起手；他們從一場學術研討會中溜出來去遊樂園坐雲霄飛車，頭髮和尖叫聲在潮濕的空氣裡凌亂。他經常半開玩笑地說：「當我女朋友吧，就三個月。」她記住了前半句的甜蜜，卻忽略了甜蜜也有期限，她沉浸在幸福裡，忘記了他從來不曾對她說過「愛」，或者「喜歡」。

　　直到某天，有人告訴她他有女朋友，很優秀，很漂亮。

　　她急匆匆地找到他，質問他是不是真的？

　　他坦然的說是，且兩家家長都同意了，就等畢業了結婚，還

拿出合照給她看。

她氣急敗壞地說：「那我算什麼？」

「我想我沒有給過妳任何承諾，大家都是成年人。」他淡漠的語氣刺痛了她，在這冷漠裡，她失去了所有語言。

◆

那是一段害怕陽光的日子，她蜷縮在黑暗的角落，在麻木的時光裡麻木地舔舐著傷口。她陰濕的身體長滿了苔蘚，凌亂而斑駁。在他面前，她一直無法打開明目張膽的欲望，守著一寸壁壘，卻是殘垣，身體在斷壁後千瘡百孔，鮮血汨汨而出。

她刪除了他的聯繫方式，避開了他可能會出現的所有場合，在校園裡低著頭走路。只是，她會在午夜的陽臺久久站立，偶爾抽菸。繚繞的煙霧被狠狠吸進身體裡，然後嗆出眼淚。那個夜裡，她從一個陌生男子的曖昧裡離開，摀著自虐的疼痛撥通了他的電話。

他們在路邊的熱炒攤喝酒，爛醉如泥。他看她醉，看她痴，卻看不到她的孤寂和絕望。

「我做你三個月的女朋友，就三個月。」她帶著酒意對他說。

他嚴肅地說：「感情裡，誰認真誰就輸了。」

　　「如果只是一場奔赴，我竭盡全力，無論是否全身而退，最後的悲傷與你無關。」她說這句話的時候，看到他的眼神裡瞬間閃過的驚愕，有男子在用沙啞的聲音唱歌，是〈夢醒時分〉。

◆

　　這個城市高樓林立，她時常從一個陌生的地方醒來，看著清冷的四圍，莫名地感到淒涼。偌大的床，只能承載自己孤獨的重量。那個時候，她開始習慣行走，從城市的東頭走到西頭。看一場華麗的街頭表演，守一場一個人的電影，等一個不知何時才會出現的人。

　　城市很大，她蓬勃而生的憂傷在這個城市的空氣裡只是一道清淺的雲煙。或許愛一直都無關他人。於這份愛，她給它盛世熱情，徒留滿腹餘殤。

　　她再也沒有收到過他的訊息和電話。在活動晚會上，她傳訊息給他：「來看我主持的晚會。」

　　他很久後回覆：「好，一定來。」

　　直到晚會結束，她也沒有看到他。室友拉去她吃宵夜，途經

附近的遊樂園，裡面燈火通明，她看到轉動的雲霄飛車和尖叫的人群。她想起自己唯一一次坐雲霄飛車是和他一起。她是一個有懼高症的人，卻甘願和他在一起挑戰自己所有的極限。猝不及防地，她看到他從遊樂園走出來，右手抱著一個絨毛玩偶，左手扶在一個女生的腰際，動作親密。他們在很近的距離擦身而過，她看到他的視線在她身上停留，眼神略微尷尬，張了張嘴，似乎想說什麼。她別過眼神，沒有說話。

　　她認真地看清了旁邊那個個子不算高的女孩，不是照片中他的女友。她突然覺得內心疼痛，有窒息的惶恐。她終於知道她付出的盛世熱情，愛上的不過是一個徹頭徹尾的渣男。可她還愛得這麼死心塌地，無怨無悔。

　　路是自己選的，人是自己愛的，與任何人無關。她用決絕冷漠的眼神結束了這段艱澀的情感。這世上，還有什麼比轉身更酣暢淋漓，也更悲痛欲絕。

　　他們的交集越來越少。偶爾和一大群人吃飯，聊起以前的種種，她總是話語不多。她時常翻出手機裡的一張照片，照片的背景是斑駁的城市霓虹，一對情侶模樣的男女坐在花壇的邊緣對

望、微笑。笑容在兩個人的臉龐暈染開來,和身後的燈光融成脈脈溫情。

照片是她和他在花壇邊玩手指遊戲的時候,被一個專業攝影師拍攝到的。她看到這張照片被刊登在一本城市雜誌上,她按照片下方的聯繫方式,向攝影師要來了照片的電子檔。在無數睡在帳篷裡的夜晚,看著照片,遙望滿天繁星,一邊努力忘記,一邊執著想念。

後來,他們畢業了。聽說他去了遠方,沒有像他說的那樣和女友結婚;而她也放棄了繼續深造的機會,回到了家鄉。**他們終究過著屬於自己的生活,無論那些日子是不是自己曾經的渴望。**

◆

車在黑夜裡顛簸,車窗外沒有月亮。五年,那段沒有標籤的回憶被她細細地丟棄。她記不起離別時候的淒楚,記不起她對他的期許,甚至記不起傷害。

她開玩笑說他是來掃墓的。他笑。

她與他,還有那段沒有墓碑的愛與生命,都被安置在彼此心內的孤塚裡。經歷了無數錯落的時光之後,需要的僅僅是祭奠。

到了飯店，她幫他辦好入住手續，陪他進了房間。兩個人依舊話很少，偶爾對望，卻沒有言語。她覺得尷尬，小坐了一會，便說：「你累了，早點休息，明天我帶你去附近的景點看看。」他無話。她起身準備離開，他突然拉住她的手臂說：「留下來。」她慢慢轉過頭，內心翻湧。

　　「留下來」這三個字曾經是她多麼想說給他聽的，她一度那麼卑微地去愛著眼前這個男人，拋開尊嚴，寧可被傷得體無完膚，只是希望他能夠留下來。可如今，儘管渴望，她卻失去了再次靠近的勇氣。

　　她拉開他的手，輕輕笑道：「明天我來接你。」

　　兩天的時間，他們遊走了這個城市所有特色的小巷弄。這是一個古老的小城，有很多無從考究卻歷史久遠的古建築和傳說，她細心地說給他聽。他每到一個廟宇，無論大小，都要進去跪拜、燒香。她笑他：「什麼時候變成了虔誠的佛教徒。」他說：「為了內心的救贖。」說這句話的時候，他的眼睛明亮又深邃，彷彿能夠直抵內心。

　　走累的時候，他們找了個小小的咖啡店休息。坐在餐廳的落

地窗旁，窗外微雨打濕了她與他之間的大段空白。她看到他眼神的濃度，充滿異數的清晰。她忽而變得憂傷，為什麼與他總是會有一些鈍重的絕望。

跟他說起西藏，說起那是讓她靈魂觸動的地方。她記起那個清晰的夜裡，無力安眠時，總是聽到梵音陣陣。別人說她有佛緣，她淡淡地笑。誕生、死亡、輪迴之外，她始終盛放著凡塵俗世的哀傷。於是，她終究被拒絕在蓮花之外，無所託付。

短暫的停留，她送他離開。上車的瞬間，她突然想叫住他，給他擁抱，請他留下。最終，還是選擇了沉默，一如五年前。她不曾給他任何負累和牽絆，她甚至不讓他看到她的殤。車門快速地關閉，然後急急地離開，她再次丟失了語言。她終究把她的念丟在了凌亂裡，自此訣別。

清涼的夜晚，她下夜班回家，在巷口看到手機閃爍，是他的訊息。他說：你已經深深刻進我的骨髓。一行短短的字，她突然淚如泉湧。夜，有了聲嘶力竭的力量。她終於明白，**憂傷的蓬勃是因為她為一個男子改變，而他卻吝惜說愛。於是，她倔強地頹廢，倔強地破敗，倔強地放棄自己。**

這個世界，誰是誰的過客，誰成全了誰的孤單，誰又該為誰許諾一世安定和繁華。當那些疾馳而過的愛情以義無反顧的姿態衝撞碎落時，我們是否還能在陽光裡美豔如花。

　　感情的荒涯，無名塚盛開滿地。那些沒有墓碑的愛和生命，放蕩一時，沉默一世，我們又該如何尋找和銘記。時光裡，那些在我們的生命裡刻了骨的人，無非是無疾而終。

　　五年了，她等了很久很久，將自己成全為一尊雕塑，剝離了靈魂。她輕輕刪除了他發來的所有訊息，內心漸進安穩。

　　也許此生，她與他，不會再相見。

值得

> 如果有一個人可以喚醒你內心那個
> 封存已久的自己,讓你衝動地做一
> 回決定,或許這個人和這個決定都
> 該是值得珍惜的。

❝ 我想漂洋過海去看你 ❞

　　偌大的機場黑暗得像一塊幕布，隔絕掉了一切與陽光有關的訊息。星星點點的燈光在空曠的停機坪閃爍，航站樓裡燈火通明。飛機在跑道緩慢滑行，一圈又一圈，等待飛行。

　　她坐在燈光昏暗的機艙裡，看著窗外濃重的夜色，突然不知道自己身在何處，將去往哪裡。是啊，夜色太黑，前方在哪。

　　如果正常的話，此刻的她應該在另一個城市，見著熟悉的人，聊著熱鬧的話題，準備第二天的會議議程。

　　前兩天，她把工作群組的通知截圖給他，他們原本約定好下週末的見面，被公司突然安排的進修課程打亂了。他問能不能請假不去，她知道這件事很重要，准假的可能性很小，但她還是跑去請假了。結果如她所想，BOSS說：「除非妳可以找到替代妳的人。」

她知道沒有，這個部門只有她一個人符合進修條件。

她把結果告訴他的時候，他說不然把這週末的會議取消吧，他可以來看她。她有些猶豫，會議是兩個月前安排好的，除了同行聚會，她還有很多議程。

他很生氣，因為她的遲疑，他覺得她的選擇裡有對他的忽略和不重視。其實，她也很委屈，他覺得他只在乎自己的感受。兩個人在電話裡不歡而散。

下班後，她在逐漸暗去的辦公室裡加班，電腦螢幕閃爍，她拿起手機，沒有他的任何消息。她知道他的倔強，如她一般。她放下手機，內心閃過一個念頭，或者她可以拋下一切，悄悄去他的城市看他。

她被自己突然冒出的這個想法嚇了一跳，這還是那個循規蹈矩、做事理性穩重的她嗎？在她的觀念裡，工作一定是最重要的事，至少目前是。更何況，所有的事都是很久之前安排好的，她不喜歡自己的日程被打亂。

可是，當這個想法一出來後，她就再也無法安心工作了。她

有些糾結，兩個自己在激烈地爭鬥，去開會循規蹈矩地做自己該做的事，還是放下一切跑到他的城市看他。猶豫間，他打來電話，向她道歉，說自己態度不好，要她安心做自己的事，只是之後工作會更加忙碌，再找時間會有些難，不過他有時間會來看她。

他的話讓她一陣煩躁，她知道他說的是實話，可是想到錯過這次機會，他們可能就很久無法見面了，她就無法平靜。她一邊和他說話，一邊在APP上搜尋第二天去他那裡的航班，還好有一趟直達的。掛掉電話，她退掉之前所有的機票預訂，打電話取消了聯繫好的接機和飯店，又向會議方和老闆解釋了不能出席的原因。

做完這一切，她關上電腦，準備回家。行程改變，她需要重新準備行李。

◆

一夜無夢。她覺得奇怪，做決定之前，她的猶豫和糾結繁盛肆意，但做完決定後，她竟然踏實地很快就睡著了。手機從手心滑落，砸到她的臉頰，她被驚醒了卻又很快沉沉入睡。

起床之後，她再次確定行程，卻收到APP發來的消息，她預

訂的那趟航班被取消了，她只好改訂轉機到達的飛機。半個小時後，她再次收到航班被取消的消息。她有些崩潰，把第一趟航班改成了高鐵，為了趕上第二趟航班的時間，她快速地吃完早餐，拉上行李出門。

鎖門的時候，她對自己說，希望不要再出什麼亂子，希望一切順利。

到了高鐵站，她拿出身分證準備取票，身分證卻不見了。她打開行李箱，翻遍了所有的行李和口袋，依然找不到。看著已經快要出發的列車，和眼前狼藉的行李箱，她緩緩出了口氣，心裡想：「難道，老天在用另一種方式告訴我，我做了一個錯誤的決定？」

她再次拉動行李箱，從高鐵站出來。天空灰濛濛的，有細微的小雨飄落，她招手叫了一輛計程車返回，在途中，她傳訊息給他：為什麼，想見你，這麼難……

沒有了之前的慌張，她淡定了很多，卻也堅定了很多。如果之前，她還為這些波折忐忑的話，此刻她卻無比渴望見到他，她知道她的叛逆和倔強。**如果有一個人可以喚醒你內心那個封存已**

久的自己，讓你衝動地做一回決定，或許這個人和這個決定都該是值得珍惜的。

　　回到家，她平靜地翻遍了所有可能存放身分證的地方，尋而未得的時候，她內心有一絲灰暗，甚至有一點點絕望，卻依然倔強地不肯放棄。終於，在一個不常用的提包裡，她找到了。再次預訂機票，將原本下午兩點出發的航班改成了下午六點。

◆

　　第二次出門，她不再慌亂了，她可以用大把的時間緩緩地抵達他的城市，如果一切順利的話。

　　到達機場，距離出發時間還有四個小時，check in、托運行李、安檢。她在安檢的時候又差點丟掉手機，對數字極其不敏感的她找回手機後做的第一件事，就是在便條紙上記下他的電話號碼。

　　候機大廳外，白晝漸漸淡去，她看著偌大的機場，不停地有飛機起落，心裡有無限遐想。在很小的時候，她就覺得這個世界上最浪漫的事就是一個人走很遠很遠的路去另一個城市看另一個人。只是，她弄丟過很多次做這件事的機會，也弄丟了可以為之做這件事的人。

她很想抱著一大束鮮花去看那個人，飛越幾個城市的上空，穿越幾條縱橫的街道，在一個陽光燦爛的午後等在他出現的街道轉角，帶著微笑，看著他錯愕的模樣，然後撲進他的懷裡，給他一個大大的驚喜。

　　飛機不斷地延誤，最後在跑道上徘徊，就像不知道自己要去哪裡。她想，見到他的時候，她一定要告訴他，她今天的經歷一波三折；告訴他無論情緒如何崩潰，她都沒有放棄要見到他；告訴他，其實他在她心裡很重要，重要到她可以拋下一切只為見他。

　　夜飛的航班多少帶著遠離的孤獨感，她想，**距離在這個時代已經不是問題，只是當你想見一個人而有諸多波折時，你會突然害怕，害怕再也見不到他，就像有時候在夢裡，那個人就在你對面，可你怎麼奮力奔跑都無法跑到他的身邊。**

◆

　　飛機帶著巨大的聲響騰空而起，她看著前方的螢幕裡，不斷爬升的高度，五千英尺、一萬英尺、兩萬英尺……她忽然就想起了那首歌〈漂洋過海來看你〉。李宗盛寫過很多經典情歌，〈漂洋

過海來看你〉是他為金智娟量身打造的一首歌。據悉，當年金智娟愛上一名北京男子，這段戀情讓金智娟陷入了深深的痛苦中。李宗盛身為金智娟的好朋友聽到這段故事之後，一邊在店裡吃牛肉麵，一邊在餐巾紙上寫出了這首經典歌曲。金智娟在錄唱這首歌時，幾乎哭到錄不下去。

我們對很多歌曲的理解不是在日復一日的翻唱裡，而是某個情景，你發現它真真切切地戳中了你的內心。你真的會為了某次相聚，連見面時的呼吸都反覆練習，可是從來沒有一句話能把這份情感豐滿地表達出來，因為這種無以表達的遺憾，讓你在夜裡輾轉反側，不肯睡去。你真的會因為太愛，連表情都會糾結用得對不對，因為太愛，情緒才會多吧，愛得越深越矯情。或許，我們都該珍惜彼此的小情緒，如果有一天，我們都懶得生氣了，大概就不再愛了。

人一直都在你身邊的時候，你會以為來日方長，什麼時候見面都可以，其實人生是減法，見一面少一面。如果你有想念的人，一定不要隔著螢幕聊天，一定要趁著你還好，他還在，跋山涉水去相見。

座標 05

治癒

> 各種盤根錯節的關聯平衡著世界上所
> 有的不安和惶恐，因此有些人到來會
> 不問出處，有些離去亦沒有原因。

被晚安豢養的人

如果此刻說「晚安」還有些早的話，就將這句「晚安」帶到你入夢的時候吧，晚安。

這是我的一檔晚間節目固定的結束語。

我是一個向夜未眠的耳朵們說晚安的人，這是我認為我的聲音存在的最大意義。很多聽眾留言給我，感謝我給予了他們很好的睡眠。有聽眾說，他每晚都會播放我的聲音，並且將APP設定了自動關閉功能，節目結束的時候，他也差不多睡著了。

只是，我卻時常在夜裡失眠，有時候會半夜驚醒，醒來看錶時，針總是穩穩地落在兩點二十，然後再也無法入睡。嚴重的時候，一晚上只能斷斷續續睡兩三個小時。我躺在床上，看天空逐漸發白，思緒鈍重得模糊一片，卻依然無法睡去。遇到放假的

時候，晚上我就會起來錄節目或者看書，索性過著黑白顛倒的日子。

　　朋友煞有其事地說，萬事萬物皆是平衡，你把晚安都帶給了遠遠近近的人了，才會睡不好，你需要換一個人每天對你說晚安，這叫平衡補償。我笑她，天底下那麼多在晚上主持節目的主持人，那不是個個都要找個專門對自己說晚安的人負責平衡嗎？

　　很多睡不著的時候，我也會好奇地打開節目，嘗試用自己的聲音催眠自己。只是，這個被耳朵們認為很有效的入睡良藥，對我卻完全無效，甚至還有明顯的副作用──越聽越清醒。

◆

　　「曉希，有些話不知道該對誰說，妳就當我找了一個樹洞，看完刪掉吧。我失戀兩年，聽妳節目也兩年了。每個心裡疼痛睡不著的夜晚，妳的聲音都在我耳邊陪伴。我甚至不用聽清楚妳在說什麼，只要有聲音響起來，就很安心。」

　　某天夜裡，說完晚安，我在黑夜裡等待睏意襲來，手機螢幕忽然閃動，一則訊息傳了過來。我正準備回應，看到介面提示──對方正在輸入中……我停了停，又有一段話傳了過來：

「我用了兩年時間慢慢習慣沒有她的日子，可是今天她結婚了，我才發現，那些一直以為可以被遺忘的情節，竟如此刻骨銘心。我今晚很亂，想了很多我們之前的種種，想起她曾經甜蜜地依偎在我懷裡，要我娶她的模樣。誓言不都是海枯石爛的嗎？為什麼我們之間的誓言比風吹過的沙塵消失得還快？」

我理解一份感情在努力遺忘的過程裡，突然被某件事激起時的反覆和糾結。我說：「你們分手兩年了，她是否結婚、和誰結婚，和你已經沒有關係。**你們沒有錯，承諾也沒有錯，只是承諾只能代表那時那景。不要嘗試對比，沒有對比就不會有傷害。**」

就這樣，我開始聽他緩緩講起他們的相識、相知和相戀，以及最後分手的經歷。他們的感情遭遇了兩家人的反對，在雙方家長參與的一次會面中夭折。那次見面，雙方吵得不可開交。

他說，當大家撕破臉吵翻天的時候，他發現愛情在現實面前是那麼不堪一擊，那些往昔的甜蜜、浪漫都變得無趣、多餘，沒有一點意義。或許，愛情本該是天上才有的，跌落人間後就會變得醜陋不堪。

我安慰他，這只是個例，很多愛情在塵世煙火裡活出了另一番味道。

他斷斷續續地說，我認真地聽，偶爾回覆。凌晨一點倦意仍遲遲不肯來，思緒也變得越來越清晰。他還在緩緩講述著，像是自說自話，又像是在詢問我什麼。我不再回應，努力讓自己入睡。直到凌晨三點，他發來最後一則訊息：

「曉希，說了這麼多，雖然不知道妳是不是會看，還是要謝謝妳，這兩年我不願意傾訴，不願意打開內心，可是無端地想要說給妳聽，或許妳這裡有我要的安全感。妳每天跟那麼多人說晚安，今天讓我跟你說一聲晚安吧，好夢。」

當我的意識逐漸模糊的時候，我隱約記得回覆了「晚安」兩個字，點擊了發送。奇怪的是，聽了這句晚安之後，我竟然安穩地睡去了。

◆

從這以後，每天清晨或深夜，我都會收到他發來的早安和晚安。他沒有再講起自己的故事，偶爾會傳來一些自己的狀態照，告訴我他在做什麼，心情如何。大多時候，我看完後就關閉了，有時候也會好奇地問他一些問題。就這樣，我們的聊天記錄從一頁變成了兩頁，直至更多，可以分享的話題也從節目內容到他每

天的日常。

　　他的情緒似乎也逐漸平穩了起來，對過去的惦念也能逐漸淡然，偶爾情緒不好的時候，會傳來一大段感慨。大多時候，我都只是做一個靜默的聽眾。每天的「早安」依舊在清晨六點左右的時間出現，只是「晚安」的發送時間越來越早了，從凌晨兩點到二十四點，再到現在的二十三點左右。某天剛發完節目，他留言給我：「曉希，妳的聲音治癒了我，我想我已經和失眠徹底告別了，最近的狀態越來越好，謝謝妳。」

　　這樣的留言總讓我覺得安慰，只是關上手機，我卻陷入無邊的焦灼裡。這幾天工作量很大，每天的忙碌讓自己喘不過氣，失眠以更猛烈的氣勢席捲而來，有時候會一整晚睜眼到天亮。

◆

　　這天，凌晨兩點二十分，我再次醒來，睏意照樣全無。百無聊賴，發了一則動態：如果有一種失眠連我的聲音都無法治癒時，那一定是病入膏肓了。後面附上了我最近更新的一集節目。

　　幾分鐘之後，他傳來語音聊天的邀請，我疑惑，聊天這麼久，都只是文字交流，從未想過要打電話或者語音聊天。正猶豫

著是否要接聽，語音邀請斷線了，房間再次回到了一片黑暗中。很快，他傳來訊息：「還沒睡吧，方便的話，接聽我的語音，我們說說話吧。」隨後，語音邀請再次發來。

接通之後，我還未來得及出聲，手機裡低沉的男低音緩緩傳來。

「失眠了嗎？」

「是啊。」

「妳治癒了那麼多失眠的人，沒想到自己卻是一個失眠症患者。」

「這好像沒有必然關係吧。」我自嘲地笑笑。

「或許，妳需要一個向妳說晚安的人。」我驚訝他的話竟和朋友說的出奇一致。

我解釋說：「不會啊，很多聽眾都會留言說晚安的，這個沒什麼因果關係。」

他說：「說得再多，如果不能入心當然不會有用。妳知道嗎？如果妳經常失眠，說明妳內心是不安穩的，妳的擔心、難過、焦慮都會讓妳失去好的睡眠……如果有一段時間，妳發現自己的頭一沾枕頭就會睡著，這樣的狀態是有多幸福，說明妳每天都

是充實且安穩的……其實，一個能讓妳踏實入睡的人是值得愛的……」

他說得有些凌亂，到後來聲音漸漸淡了下去，我猜他又想起了一些過去的橋段，陷入了無端的回憶裡。

我沒有說話，任憑他自顧自地回憶。

片刻的安靜之後，他突然說：「我念文章給妳聽吧，或許可以幫妳入眠。妳等我，我找一本書。」

電話裡傳來刺啦聲，接著，腳步聲由近及遠，再由遠及近。

他開始低聲誦讀。他的聲音很好聽，略帶沙啞的顆粒感讓聲音透出幾許滄桑，別有一番味道。

「我想把臉塗上厚厚的泥巴，不讓人看到我的哀傷……」是遲子建的《世界上所有的夜晚》。

我一直都很喜歡遲子建的散文，節目裡會挑選一些來播讀。第一次聽別人讀給我聽，我的內心閃過了瞬間的奇妙感覺。有時候，主持人和聽眾或許也只是一線之隔。更奇妙的是，我在這樣的誦讀裡，竟然變得異常輕鬆，漸漸睡去。

醒來的時候，天空已經發白了，語音依然是接通的狀態，電

話那頭沉默無聲。

♦

　　接下來的半個月，他總會在夜晚十一點左右傳語音邀請過來，或者和我聊聊當天發生的事，或者說說他看過的一本書，最後會讀一段文字給我聽。有時候是遲子建，有時候是蕭紅，有時候是張愛玲。

　　我逐漸開始依賴一種聲音的陪伴，它像冬日裡照進窗戶的一道陽光，像黑咖啡裡暈染開來的白色奶精，像寺廟裡嫋嫋飄過的一縷暗香。我在這樣的陪伴裡，沉沉睡去，連做夢都很少。

　　我有些好奇，自己在入睡之後他在做什麼。每次問他，他都笑而不答。我又問他，我睡著了，為什麼不關掉語音呢？他說，這樣開著，就好像沒有距離，讓我更有安全感。

　　可能是睡眠充足的緣故，工作做起來也有了信心，並且越來越順手了。我感謝這份恩情，卻始終沒有機會說謝謝。

　　他有時候會說：「妳知道嗎，妳也是一個孤獨的人，內心封閉，缺乏安全感。」

我驚訝平時很少說話的我，從哪裡洩露出了這些內心的祕密。在我們的聊天過程裡，我大多是一個聽者，偶爾涉及個人的事，我總會繞道而過。可能是做廣播主持人太久了，習慣了傾聽，已經遺忘如何去表達。

　　終於可以一睡到天亮了，有時候我甚至一挨枕頭就能睡著。以前，我兩三天就能看完一本書，現在每天訂定的睡前閱讀計畫都沒有機會實現。我格外珍惜這份來之不易的睡眠，只有長期被失眠所困的人，才會理解能安然入睡的珍貴。

◆

　　半個月後的一天夜晚，他沒有傳來語音聊天的邀請，我竟有些不安。我想出了無數個可能的理由：在加班，和朋友有應酬，生病了……我想傳訊息問問他是否睡著了，幾個字打上去又刪掉了，再打上去又刪掉了，反反覆覆，最後索性關掉手機，閉上眼睛不再想。

　　我悲哀地發現，我成了被「晚安」豢養的人，沒有固定的晚安，我竟然無法入眠。我擔心再次回到過去整晚睡不好的狀態，越擔心越焦慮，越焦慮越睡不著。那晚，我再次眼睜睜地看著天

邊逐漸泛白，朝霞萬里。

　　從那以後，他再也沒有傳訊息過來，他的SNS帳號不知道是設定了權限還是全部刪除，什麼都看不到了。我突然發現，我竟然一點都不了解他，他是誰，叫什麼，哪裡人，做什麼工作，我一無所知，除了SNS，我不知道該如何找到他。

　　我想傳訊息給他，可是終究沒有勇氣，我開始懷疑，那段失眠且互相陪伴的夜晚是不是真的存在過，暗夜裡敲打耳膜的低聲細語、近在咫尺的沉沉呼吸、百轉千迴的故事，都消失了，他像一陣風一樣飄忽而過，甚至沒有留下絲毫氣息。

　　我的睡眠在一週之後，又恢復了正常。我想起了朋友說的「平衡補償」，或許她是對的。這個世界，在相同的時間，不同的燈火裡，總有一些人和你有相同的心境，你們因為心跳、呼吸和思緒而發生著千絲萬縷的聯繫。**各種盤根錯節的關聯平衡著世界上所有的不安和惶恐，因此有些人到來會不問出處，有些離去亦沒有原因。**

　　我依然在每個夜裡，向不眠的耳朵們說晚安，我努力讓自己的聲音傳到這個世界上所有未知角落裡，那些無法安放的睡眠，

就像我也曾經被這樣的聲音恩寵過。

晚安。

朋友之姿

"

沉默地選擇自己的路,沉默地喜歡一
個人,不會有其他人知道。他的內心
豐盛蓬勃,可是外表卻幾近荒蕪。

"

"那一年，
我沉默著絕口不提愛你 "

在聊天群組裡，大家正在熱烈地聊著「男閨密」這個話題。對這個話題，坤很沉默，卻有著極大的興趣。

阿亮扯著嗓門在群裡喊：哪有什麼男閨密，只是以閨密的名義完成男朋友應盡的義務，卻沒有男朋友應有的權利。

這句話戳中了坤的心事，坤對阿亮有了重新的認識：沒想到一向膚淺的阿亮竟然有這麼深刻的體悟。群組裡一陣嘲笑，說阿亮說的就是自己。坤放下手機，輕輕嘆口氣，閨密本是親密的朋友，只是這男閨密和男朋友之間，卻彷彿隔著萬水千山。

◆

坤就這樣心甘情願地做著笑笑的男閨密。一起出去聚會時，笑笑會大方地介紹坤：這是我男閨密，大家多多關照啊，一邊說一邊攬著坤的肩膀，漂亮的眼睛笑成一彎新月。每每這個時候，坤就笑笑，不置可否。

　　坤不喜歡「男閨密」這個頭銜，儘管他知道，除了這個不知被哪位聰明人發明的稱呼外，沒有更好的詞語可以形容他和笑笑的關係了。

　　笑笑是個愛笑的女生，笑起來眉眼彎彎，像個洋娃娃。人多的時候她嘰嘰喳喳像隻小麻雀，根本停不下來；面對初次見面的人，她也能讓對方神清氣爽。她的性格極端粗線條，今天丟個手機，明天忘記帶鑰匙，無論何時何地，只要笑笑一聲大叫「坤啊──」，坤就知道這小姐又丟了什麼東西。於是，坤常認真地跟笑笑說：「妳萬一哪天把自己也丟了，要怎麼辦？」笑笑總會眨巴著大眼睛說：「不是還有你嗎？」

　　畢業後，坤放棄了父母在家鄉安排的工作，執意留在這座大城市，為了心中那個叫作夢想的東西。蝸居在兩房的其中一個小

臥室裡，窗外除了窗戶，還是窗戶。無事可做的時候，他會站在窗邊發呆，雖然視線被碰得七零八落，他還是會執著地看出去。似乎穿過這一道道窗，就能看到他的未來，那個被自己想像過無數遍的、美好的未來。

笑笑是在坤一個人安靜地住了兩個月後搬進來的。那天是個週日，百無聊賴的坤正把自己整張臉埋在泡麵碗裡，泡麵的味道穿過半開的房門瀰散在整個房間。「呀，好香的泡麵，餓死了！」笑笑就在這個時候，拎著一個超大的行李箱，和她的聲音一起碰碰撞撞地闖進坤的視線。

因為負重的緣故，笑笑的五官吃力地擰在一起，臉頰泛紅，一邊微微喘著粗氣，一邊大聲喊：「帥哥，麻煩你幫幫忙好嗎？」坤微微皺起的眉頭在看到笑笑那雙彎彎的眼睛後舒展開來。他迅速地跑了過去，接過笑笑手裡的大箱子，拎到他隔壁的房間。第一次見面，笑笑就理所應當地享用了坤這個免費勞動力，當然，還有他的泡麵。

笑笑是他租住的社區附近一所知名大學的畢業生，因為第一次考研究所慘敗，不服氣的她決定留下來再戰一年。這個小小的合租房因為笑笑的到來而變得熱鬧起來。笑笑時常穿著大大的T

恤，在各個房間無障礙地通行，當然也包括坤的房間。

　　她會跟坤大聲地說話，笑聲肆無忌憚地碰翻這房間裡所有的寂寞。偶爾笑笑也會煮飯吃，雖然廚藝只能達到吃不死人的程度，卻讓這小小的房間裡多了些許煙火氣息。笑笑穿著睡衣在廚房忙碌的時候，坤總會在旁邊看，看著看著就有了一種恍惚的幸福感，是那種類似「家」的感覺。

　　笑笑愛鬧，讀書一整天回來後，總要賴在坤的房間裡玩鬧一陣。說說在教室裡見到的奇葩情侶，說說今天複習的內容，說說圖書館裡常見的帥哥穿什麼衣服。說到高興時，她會笑得前仰後合。笑笑的笑總有這樣的魔力，能讓聽到的人感受自己內心漸封的純真，會情不自禁地跟著一起笑。

　　有時候，經過一天工作後的坤很疲憊，可是他還是會耐心地聽著笑笑將這樣的晚間節目持續到午夜。實在熬不住了，坤會趕著笑笑回到自己的房間。被推回房間的笑笑意猶未盡，十分不情願地大聲嚷嚷：「拜託，我還沒說完呢。」

　　坤捏捏笑笑的鼻子說：「早點休息，明天早起。」然後拉上房門。

坤和笑笑的房間隔著一堵薄薄的牆，被趕走的笑笑氣憤不過，總會拿高跟鞋細長的鞋跟在牆上敲幾下。清脆的聲音在坤的頭頂響起，他會立刻用手指按照同樣的節奏敲回去。本來是笑笑刻意用來打擾坤睡覺的，後來卻成了他們互道晚安的方式。臨睡前，固定的兩聲代表晚安，然後兩個人各自睡去。笑笑失眠的時候，兩個人會一來一回，沒完沒了地敲下去，有時候緊湊，有時候舒緩，就像是在聊天。

坤很享受每晚這個時候，偶爾他會用不同的速度把自己想說卻說不出口的話，用這種特殊的方式傳遞給笑笑。與其說是在和笑笑聊天，不如說是坤在和自己心底的祕密說話，那個被自己藏了又藏，生怕被發現的祕密。

◆

坤也會和笑笑的同學一起吃飯，當然每次都是坤買單。笑笑介紹坤的時候，總會把坤讚美得天花亂墜，什麼善解人意，什麼單身高薪，什麼高大帥氣，最後還不忘做一個廣告，誠徵同樣善解人意的女朋友啊，有動心的女生聯繫我，說完就自顧自大聲地笑。

每到這個時候，坤就非常「恨」笑笑，「恨」她自作主張，「恨」她沒心沒肺。有一次，笑笑的女同學喝多了，大聲地問坤：「你是不是喜歡笑笑呀？」被問得這麼直接，坤有點窘，微微紅了臉。女同學繼續說：「看啊，臉紅了，被我說中了吧，哈哈哈……」

　　坤看到笑笑一直看著他，似乎也在等他的回答，那句「我就是喜歡笑笑」從心裡衝出來，卻在出口的一瞬間變成了「怎麼可能」。周圍的人不懷好意地笑起來，坤看到笑笑也在笑，突然就很恨自己，為什麼連一個「喜歡」都說不出口。

　　更多的時候，坤還是喜歡和笑笑待在家裡，純粹的二人時光很美好。因此上班外的大部分時間，坤都會宅在家裡「邂逅」笑笑。

　　七夕節晚上，坤加班，夜班回家已經是晚上十一點了，一路都是賣花的小攤販，大街上成雙入對的情侶相擁前行，街邊的小店裡巨大的落地窗印著男男女女互望的眼神，燭光搖曳，霓虹閃爍，坤也不禁被感染。

　　這個城市能溫暖你的不是多體面的工作，不是多高的收入，

而是溫暖的燈火裡有可以對望的眼睛。有小女孩跑過來賣玫瑰花給他，他笑著拒絕：謝謝，我不需要。小女孩很執著，買一枝吧，就算沒有女朋友，也可以送給自己啊。坤想起了笑笑，買下了一枝紅玫瑰，放進衣服口袋。

回到家，坤剛準備轉身關門，笑笑就從房間裡衝出來，一巴掌拍在坤的背上：你怎麼現在才回來啊？和女朋友過節去了嗎？我一個人好孤單，那些沒良心的都約會去了……

坤沒有說話，手從口袋裡掏了半天，掏出一枝玫瑰花遞給笑笑。花已經被壓得面目全非了，被拿出來的時候花瓣還掉了幾個，笑笑接過慘不忍睹的花，「噗嗤」一下笑出聲來。

坤趕緊解釋：「賣花的小女生非要塞給我的，我看她也辛苦，就買來安慰妳一下。」

笑笑說：「你至少也用一朵完整的花安慰我啊，這樣也太寒酸了吧。」

「那我明天送妳一朵好的。」坤說著想拿回玫瑰。

「才不要。」笑笑轉身跑開，找來一個礦泉水瓶盛滿水，把花放了進去。

看著花被笑笑放在房間各個角落比劃著，最後放在客廳的茶

几上，坤覺得很安心。

◆

連續假日，坤拒絕了同事一起外出的邀約。他早已安排好這幾天的活動，陪笑笑念書、郊遊，帶她去她喜歡的花草街，吃一頓她喜歡的海鮮，想想都覺得是一件幸福的事。只是，他的美好願望被一扇緊閉的門生冷地拒絕了。這之後的幾天，笑笑像消失了一樣，房間裡不再有她跳上跳下的影子，房門被上了鎖。一起消失的還有每晚特殊的晚安，坤開始失眠了。

從什麼時候開始，他已經不再適應一個人在房間裡的孤單；從什麼時候開始，聽不到對面敲打牆壁的聲音，他已無法入眠。

百無聊賴的時候，他還是會看向窗外，只是看到的除了越來越縹緲的未來，就是笑笑微紅的臉頰和笑起來彎彎的雙眼。

假期結束的前一晚，正在房間裡吃泡麵的坤聽到開門的聲音，讓他心跳加速。他快速放下泡麵衝出門，「妳去哪裡了，怎麼電話也打不通啊？」話音未落，卻看到一個文質彬彬的男子佇立在門口，笑笑依偎在他的旁邊。

看到衝出來的坤，笑笑連忙介紹：「這是我男朋友。」然後指指坤跟男子說：「這是我閨密。」男子很有禮貌地點點頭，拉著笑笑進了房間。

　　「他是什麼人啊，妳了解嗎？安不安全……」房門被關上的一瞬間，男子的聲音傳了出來。留下坤，石化在原地。

　　在男朋友住進來的幾天裡，笑笑風格大變：說話柔聲細語，笑不露齒，走路恨不得用小碎步，對男朋友言聽計從。儘管如此，還是常常聽到男朋友不滿的抱怨：「妳怎麼吃這麼多？」、「垃圾食物，趕快丟掉！」、「專心複習，好嗎！」

　　週末出門的時候，男友偶爾也會邀請坤，三個人一起吃飯、逛街。本來話就不多的坤，更是寡言了。除了幫笑笑和男友照相、搶著買單外，坤沒有一點存在感。

　　幾天後，男友走了，笑笑又恢復了常態。笑笑說，男友是某校的研究生，是她再戰一年的終極目標。男友比較喜歡書卷氣濃厚的安靜女生，所以，自從兩個人戀愛以來，只要男朋友在，笑笑就會變成另外一個人。捧著很厚的書，畫精緻的妝，說話小心謹慎。

聽笑笑講這些的時候，坤忽然有些心疼。一個人，該是有多投入的去愛另一個人，才願意收起自己的所有習性，努力變成對方喜歡的模樣。

◆

過了十月，考研究所的日子越來越近了，一向樂觀的笑笑沉默了許多。坤早上上班的時候，笑笑已經抱著一疊資料去念書了，坤晚上回到房間的時候，笑笑還沒進門。有時候，笑笑會徹夜不歸，清晨才頂著熊貓眼回來。臨睡前，坤總會把房間走道的壁燈打開，客廳的桌子上放一杯蜂蜜水。坤再也沒有聽到隔壁敲打牆面的聲音，那句清脆的「晚安」也成了坤每晚的念想。

沉默地選擇自己的路，沉默地喜歡一個人，不會有其他人知道。他的內心豐盛蓬勃，可是外表卻幾近荒蕪。他把外面世界的所有資訊都內化成心底的一片海，任是波濤洶湧，在外人的眼裡也是一汪寧靜。他有節制地喜歡著她，多做一點都害怕被察覺。

笑笑考試那天，坤加班，回到家已經是晚上十二點了。打開門，房間裡漆黑一片，零零碎碎的月光清淺地鋪進陽臺，落地窗外是漸漸淡去的人間燈火。他看到笑笑坐在陽臺的地板上，手指

間有明明滅滅的光。他從未見過笑笑抽菸，動作熟稔頹廢。這個女子，還有什麼是他所不知道的，坤想。

笑笑滿腹的心事就在這一明一滅裡燃燒，發出嗆人的煙火氣息。坤沒有開燈，藉著月光泡了一杯蜂蜜水，輕輕走到笑笑旁邊，坐下。將水杯遞給她。

笑笑說：「你看，今晚月亮真好。」

「是啊。」坤應和。

「如果這次考不上，我們就只能分手了。」笑笑幽幽地說，「這是我們的約定。」

「一定可以的。」坤安慰道。

「感覺不是很好。」笑笑淡淡地說。

這個夜晚，他們很晚才睡去，一個天生寡言的人和一個因心事而沉默的人，就這樣在月色裡無言。睡前時刻，坤又聽到了久違的「晚安」，兩聲清脆的敲打牆面的聲音，坤也回覆過去。只是這一次，他沒有回應相同的內容，而是先敲了五下，停頓，再敲兩下，然後⋯⋯就沒有然後了。

他想說「520（我愛你）」，可是，這個「0」卻不知道要怎麼表達。坤猶豫了很久，之後是長長的沉默。

她會懂嗎？坤在心裡輕輕地想。

◆

笑笑的感覺很準，她再次失敗了。

笑笑打電話告訴坤結果的時候，坤正因為一個重大的工作失誤挨罵。最後，老闆扔給了他一份解雇通知。坤回到辦公桌前，突然覺得釋然。這個城市太大了，可以盛放很多人的夢想，只是大多數的夢想都飄搖而過，最終不知去向。母親打來電話，問他工作忙不忙，過得好不好，他一直沉默。

母親等不到回答，輕輕地嘆了口氣，「過得不開心，就回來吧，這裡有家。」說完，掛了電話。

也許是吧，我的家從來就不在這裡，坤想。

去火車站的時候，笑笑和坤各自提著一個大大的行李箱，箱子裡是這一年多零散的時光，和被打包回去的理想。兩個人在相同的時間，即將去往不同的地方，一個向西，一個往東。在候車大廳分開的時候，坤看到笑笑紅了眼眶。他們都曾因夢想而短暫停留，如今，又要因夢想的破滅而各奔西東。

坤說：「回去也要加油，考到他身邊，你們會幸福的。」

笑笑點點頭。

　　兩個人互道再見。在即將轉身的時候，笑笑突然說：「那晚我一直在等你最後一個字，後來才發現自己好傻，零就是沒有，沒有的東西，又怎麼等得到呢？」說完，一串長長的淚珠劃過她微微上揚的嘴角。

　　那麼，再見。

擱淺

> 所有一切，因為沒有答案而擱淺。

"不肯被翻起的往事"

　　至今為止，唐留給我最深的記憶就是幾張明信片。這些明信片是從不同的地方寄來的，有伊寧的牛群和騰起的渺渺煙塵，有額濟納的胡楊林和金黃的樹葉，有和田的努爾牧場和遠方的巍巍昆侖，有通往阿拉山口的筆直公路和轉動的風車……我知道那幾年他一直在新疆的各個地方奔波，從事地質考察的他始終都有一種對專業的執著和信仰。

　　我們是在大學的教室裡認識的。坐在旁邊的他轉過頭向我借課本，一臉冷酷漠然。我一直介懷他拿走書的時候連一句謝謝或者一個微笑都沒有。他翻看了一會，下課鈴響起來。他拿起筆，在我的書頁上寫下了他的電話和姓名。把書遞給我的時候，依然沒有任何表情。我聳聳肩，未置可否，拿著書匆匆離開。

後來，我們常在教室相遇。他的話很少，卻乾脆簡單。只是，相處的時間長了，我竟然喜歡上這種不需要處心積慮想話題的相處模式。我們可以待在一起一個小時也不說一句話。

沒課的時候，我們會約好一起去圖書館，直到月朗星稀，偌大的圖書館逐漸空無一人，才被催促著離開。回宿舍的途中，我坐在他的單車後座，微風拂面，心情和圓月一樣滿。夜風裡，我小聲哼一些歌曲，他一邊用力踩車，一邊說聽不到，大聲唱。於是，我扯著嗓子放聲高歌，歌曲被磕磕碰碰地唱出來，已經找不到音調。兩個人笑到不能自已。

我是一個沉默的人，在他面前卻願意透露自己的心事。我們常常坐在高高的坐臺上，對著天，聊起過去。那些心底裡不肯被翻起的往事，流水般劃過，最終也變得了無痕跡。

◆

我一直覺得，唐對我應該是有好感的，憑著女孩子的直覺。可是他卻隻字不提。於是，兩個人的沉默鎖住了一段水柔心情。直到某天，他把美麗的水晶掛鏈放在我手心，滿心期待地看著我。我生澀地拒絕了，自始至終不敢看那雙期待答案的眼睛。困

窘中，兩個人再次沉默。他終是寬容地釋放了我的尷尬。所有一切，因為沒有答案而擱淺。

　　我至今記得，我曾在一個寒冷冬日裡收到了他的明信片。兩個少年在古老的巷弄裡跳舞，畫面樸素，可少年的表情和身姿卻十分優雅，黑白頁面裡是生活的態度。明信片背面，有兩行簡短的句子：**按想法去活，或者，按活法去想，選擇其一，堅持，並享受選擇。**

　　那時候，我放棄了學業，離開了本來順風順水的軌道，執著地想要改變自己的生活。可是在新的環境裡，人際、出口卻讓自己變得迷茫。這種境遇，千里之外的他依然懂得。

　　後來，我知道他常在週六晚聽電波彼端的我說心情。

　　後來，我知道他尋到了我的部落格，常常會輕輕地來，悄悄地走，偶爾匿名寫下溫暖。再後來，我知道他已然有了自己的幸福。

　　我該釋然了。

失憶

以為此生可能都不會原諒的人，原
來也會淡薄得記不起對方的姓氏。

" 如果，
我們沒有了回憶 "

　　這兩年來，我越來越覺得記憶不如從前了。剛收好的物品，轉眼就忘記放在了哪裡。路過某個街角，有熟悉的音樂傳來，本來脫口而出的名字卻絞盡腦汁也想不起來。總有聽眾留言給我：曉希，你某某集節目怎麼找不到了。對於那集節目的內容我卻覺得陌生，有幾次很篤定地回覆：應該不是我的節目。但後來卻又被告知在我的專輯裡找到了，我只好不好意思地說抱歉，因為時間太久了。

　　我曾發生過一件很糗的事。參加同事的婚禮，鄰座是一位女同事，見面就熟絡地和我打招呼、聊近況，可我卻始終想不起對方的名字。在婚禮進行中，其中一個活動，是有人拿來紅紙要每

桌參加婚禮的人寫下自己的名字。輪到我寫的時候,鄰桌的同事要我也幫她寫一下。我當時覺得很尷尬,總不能告訴對方:抱歉,我不記得妳叫什麼了。情急之中,我說:還是妳自己寫吧,妳看我的字這麼難看。同事還堅持:沒關係,不要緊的。我東倒西歪地寫下我的名字就趕緊遞給她,說:寫名字可不能將就。同事無奈,接過紙和筆,我長長地鬆了一口氣。

有段時間,我覺得很恐慌,害怕母親問我,妳把某某東西放到哪裡了;害怕朋友指著大螢幕問我,這個明星叫什麼名字;害怕突然需要一樣東西,卻始終不記得在哪裡見過。那種拚命想,拚命想抓住一點蛛絲馬跡的努力,最後卻變成徒勞的感覺,很無力,甚至有一點點絕望。我想自己是未老先衰了。

後來,我開始嘗試把所有待辦和需要記住的事情寫在本子上,在特定場合需要遇見陌生人時,心裡默默地將對方的姓氏和公司一遍一遍地記憶,就像小時候背課文一樣。每記下一個陌生號碼,我都會在備註欄裡詳細寫上很多附加資訊,輔助自己記憶。

◆

直到有一天，在一個閒暇的午後，朋友瑤瑤說起很多年前一些晦澀往事，她問我：妳還記不記得那時候的焦灼，現在想來都覺得一片灰暗，很絕望。我想了想，搖了搖頭，很木然地說：不記得了。她瞪大眼睛，一副不相信的表情。

　　我是真的不記得了。那些曾經一直想要忘卻的東西，那些一直刻意迴避的橋段，那些以為一直都不能釋懷的人，如今也能雲淡風輕地說起，心底再也沒有一絲漣漪。以為此生可能都不會原諒的人，原來也會淡薄得記不起對方的姓氏。沒有記憶，就不會有傷害，就像很久前的一個傷疤，本想看看傷口癒合得怎樣，卻怎麼都找不到痕跡。

　　人在受到外部刺激後，會出現選擇性失憶，遺忘一些自己不願意記得或者逃避的人或事，在感情裡亦然。當這些人和事激烈地衝撞我們的情感、感官，甚至身體的每一個細胞，並超過載體所能承受的最大極限時，情感就會啟動自我保護機能，弱化刺激帶來的痕跡。

　　因此，很多刻骨銘心的情感，不能遺忘的不是感情本身，而是在這段感情裡那個委屈得如同小孩子的自己，而我們也不是多麼珍惜那段感情和那個人，只是難過我們弄丟了這個內心的孩子。

很多聽友跟我說：曉希，我失戀了，我忘不了他，我該怎麼辦？

　　其實，你總會淡忘的，只是你失戀得還不夠久而已。如果你不是見一個愛一個，愛一個換一個的人渣，失戀肯定是會難過的，全天下的失戀都是如此。失戀初期，你想用遺忘來狠狠報復那個丟下你的人，可是這個時候的遺忘是最不可能發生的。你越克制，就會越想念，越想忘記，就越忘不掉。順其自然，該想念的時候想念，該憎恨的時候憎恨，該哭泣的時候哭泣，這才是面對情緒的正確方式。情感如若沒有正常的宣洩，就會失去健康，留下病灶。

　　沙灘上稜角分明的礫石，在潮汐的浸潤和沖刷下會逐漸變得圓潤。一段感情也如有稜角的礫石，不斷地被想起，遺忘，再想起，再遺忘，那些如利刺一般的情緒也會逐漸變得平和。你要相信自己的修復能力和內心的強大，他們會幫助你變得更好。

　　都說回憶才是對一個人的定義，如果我們忘記了曾經，過去

的那個自己是不是會變得不再飽滿。事實上，我們不會全部忘記，我們會懷念和他在一起的諸多美好，會心平氣和地想起他曾為你做過的一餐飯，買過的一束花。只是，他最終活成了你看過的一部電影裡的男女主角，雖然也會牽動情緒，卻只是一場電影而已。如同，我會清晰地記得孩童時候念過的唐詩，記得和玩伴一起玩耍過的小池塘邊那朵豔麗的蓮，甚至記得某個雨後那道絢爛的彩虹。

或許，人會有選擇性地記起那些能讓自己愉悅的事，而有所保留地遺忘那些讓自己難過的經歷。這也算是對自己的保護吧。

我逐漸開始享受遺忘帶來的感覺。同學聚會的時候，聽他們聊起過往，就像重新認識一個全新的自己，並試著揣測那時候自己的心思，想像那時候的生活。我的每一天和過去不再有無奈的糾葛，我發現，每一天都是新鮮的。我不再糾纏於瑣碎的情緒變化，前一秒鐘的不快樂，後一秒竟然找不到失落的緣由。

我想，我該是快樂的，希望你也一樣。

座標 09

不安

> 如果有一天，我離開你了，你要記得
> 無論以後愛上誰，都不要再想起我。

"如果有一天，
我離開你了"

　　如果有一天，我離開你了，你會記得我給過你的擁抱嗎？我那麼喜歡擁抱，喜歡把整個臉龐埋在你的脖頸處，聞著你身體、衣服上淡淡的香水味道。我每次抱住你的時候，都會用盡我所有的力氣，就像要把你嵌進我的身體，無論如何也拔不出來。我是那麼貪戀你脖頸處的溫度，這是我唯一可以觸碰到的你身體的一部分。

　　我那麼渴望有一天，我們可以坦誠相對，肌膚相親，讓你的溫暖漫過肌膚的每一寸，滲透進我的靈魂。可是，在我離開你之前，我終是無法得到了吧，這多少有一些心酸。

　　如果有一天，我離開你了，你會記得我在你肩膀上留下的齒

痕嗎？每次窩在你的脖頸裡，我都會突然地咬你一口，你痛得大叫，卻寵溺地說，妳這是什麼習慣啊，怎麼這麼愛咬人。你知道嗎？我希望你是我的，所以我開玩笑地說，我要在你的身體上留下我的烙印。

某個不安的時候，我希望如果有一天我們找不到彼此了，你會突然記起有這麼一個人，在你的身體留下的疼痛。齒痕早已消散，這疼痛卻是從心尖上蔓延開來的，沿著一條經脈刺痛我曾經咬過你的地方。你會因此而記得這個瘋狂的女子吧，她曾經那麼強烈地想用自己的方式擁有你和你此後的所有記憶。

◆

如果有一天，我離開你了，你會記得我幫你拍過的每一張照片嗎？很久了，沒有用心地為誰拍過照片，可每次和你在一起，都希望把你鎖在我的鏡頭裡，放在一個別人都觸及不到的資料夾。

很多次我們爭吵的時候，很多次你不在我身邊的時候，我都會小心地解鎖，把這些照片一一打開來，仔細地看。你的每一個表情，安靜的，微笑的，開懷的，嚴肅的，都那麼觸動我，看著

讓人心生柔軟。面對你，我這個倔強又高傲的人變得毫無原則，一次一次衝破自己的底線。或許有一天，我退無可退的時候，丟掉你的同時，也會丟掉自己。

如果有一天，我離開你了，你一定要記得幫我照顧好你的胃，要按時吃飯。雖然，這是我曾經說要自己做的事。

你總是那麼忙，忙到不記得喝水，不記得吃飯，直到餓得胃痛。每次你說胃不舒服的時候，我都好無助。我希望自己可以了解你的飲食習慣，可以有很好的廚藝，為你準備好一日三餐，等你回家。都說，想拴住他的心，要先拴住他的胃。可是，我不想拴住它，我只希望它不要再疼痛，不要讓你難受。

如果有一天，我離開你了，你要記得讓自己柔軟一點，再柔軟一點。

你知道嗎？你的柔軟那麼輕易地攻陷了我的城池，讓我逃無可逃。那個夜晚，你反覆地請求我，以後一定要嫁給你的時候，你是那麼溫柔，溫柔到我想就此沉淪，不去管什麼山高路遠。溫柔到我希望一輩子都能擁有你。

你說，你倔強的時候，十頭牛也拉不回來。是啊，這麼久心無旁騖地工作，讓你習慣了命令和指示，習慣了用霸道的姿態面對一場戀愛。我們常因為你的不可一世而爭吵，在爭吵裡我會無比想念你的柔軟，想你輕輕擁吻我，跟我說聲，寶貝，抱歉，剛才是我不好。

　　如果有一天，我離開你了，你要記得無論以後愛上誰，都不要再想起我。你要給她全部的愛和感情，你要全心全意去對她。和你在一起的時候，我那麼介意自己會成為別人的替身，介意你對過去的每一次回憶，介意你提到她時眼神裡的游移，介意你下意識地對我和她的比較。

　　你知道嗎，身處感情裡的女人眼睛裡除了對方，看不到任何。她的嫉妒，她的任性和她的霸道，都是因為投入太多。當一個女人願意把自己的不堪暴露給你的時候，她該是有多麼在乎你，多麼想得到一點安心。這個時候，一定不要吝嗇你的包容。

　　你常說，我們會在一起，永遠不分開。可是，我們卻都愛得如此不安。空間的阻隔，家人朋友的反對，差異的懸殊。老天是

要考驗我們嗎，每一個艱難在其他情侶中就可能導致一場情感傾覆，可他們卻一起約好似的跑來，想要攻陷我們。我記得，每次見面的爭吵，每次分離時的淚流滿面；我記得每次不安時的焦躁，每次看不到未來的絕望。

在這樣的反覆裡，我們耗盡了彼此的熱情和耐性。以後，我們又該拿什麼面對這些艱難，並且安穩地走完餘生。

你還記得嗎？我曾問你，如果有一天，我撐不下去了，放棄了，你會怪我嗎？你在電話那頭用長久的時間沉默，然後哽咽地說，不會，我不會怪妳。是啊，如果有一天，我離開你了，不要怪我，因為，我那麼不顧一切地愛過，曾那麼熱切地渴望和你一起到老。如果有一天，我離開你了，要如我們曾經所說，照顧好自己。

決絕

> 情感在日復一日的糾纏裡逐漸淡去，
> 疼痛和悲傷也只有自己知曉，直至一
> 切都不復存在。

" 說再見，
就真的再也不見 "

　　前些日子，因為要拿一些遺落的東西，她聯繫了他：「我還有一件東西落在房間了，如果方便的話，我過去拿。」

　　「好。」他簡單地回應。

　　這是她搬離他們的房子之後，第一次回去。公車在熟悉的巷口停留，她快速下車，沿著經常走的小路走進社區。街邊的林木，巷口的小店，偶爾走過的人，都充滿著熟悉的陌生感。有人跟她打招呼：「回來了啊？」她笑著回應：「是啊。」說話的是巷口小吃店的老闆娘，她想起以前加班回家，總會在這家店裡吃一碗喜歡的酸辣粉。

　　離開只是短短三個月，短到旁人以為她的出現只是下班回家

的日常。可是，她卻有物是人非的落寞感。腳踏入社區門口，彷若觸動了某個機關，她的內心一陣顫動，眼淚不可抑制地掉了下來。路邊的一草一木，橫七豎八塞滿的車輛和往昔並沒有什麼不同。通往大樓門口的小徑，她熟悉得閉著眼睛都能走過。

轉角處，他常騎的摩托車已經落滿了灰塵，應該很長時間沒有用過了吧，她想。她用指尖拂過座椅上的灰塵，留下深深的凹槽。她曾坐在後座，穿過這個城市的大街小巷。可能是週末某個黃昏沿著盤山小徑看的一場日落，可能是在某個下班時間載她回家的一程歸途。有淚水滴落在車座，和灰塵渾濁不清，變成模糊一團。她轉身離開，上了樓。

拿出鑰匙，她略微顫抖的雙手費了很大力氣才將門打開。房間很整潔，空無一人。她知道他不會在這裡，他應該是不想見她的，她也很惶恐面對他時的尷尬。曾經朝夕相處的人，曾經習以為常的面孔，也會在分離之後變得無以面對。

離開時，他們都以為還會再見，倉促轉身後，才發現再見就是再也不見。

◆

房間很暗，太陽西斜，在牆上印出點點斑駁的餘暉。她緩緩走過每一個房間，所有陳設都還是以前的模樣。她買的玩偶，她親手貼的壁紙，她擦過無數遍的地板，甚至他們的合照。她伸出手輕輕拂過這些物品，就像撥弄著過去的十年。

　　任誰都不能隨意丟棄一段存在了十年的光陰，無論這段光陰裡積攢的是蓬勃的幸福，還是龐大的憂傷。這些細碎的時光，就像巨大的車輪，碾碎了兩個人的所有悲歡，再拚命地揉在一起，難以抽離。

　　她看到陽臺上他晾曬的運動服，想著他最近應該有持續運動吧；看到桌子上擺滿了速食品和零食，知道他最近又在加班了；看到新買的電腦，知道他又沉迷在一場遊戲裡……這該是怎樣的一種熟悉啊，彷若已經刻進彼此的生命裡，不用揣測，不假思索，就能知道他最近做著什麼，過著怎樣的生活。這種不經意翻湧起的熟稔，讓她再次淚流滿面。

　　她找出自己的東西，是一個需要用的證件，被夾在一本書頁裡。她抬頭看向書架，滿滿得鋪陳在整個牆面，裡面幾乎都是她的書。搬離的時候，她叫了搬家公司。搬家公司開著一輛大卡車停在院子裡，卻只帶走了她的衣物，和一些專業書籍。

她像一個初生兒一樣，乾淨地來到這裡，在這片屋簷下借住了十年，然後又乾淨地離開。她不知道該怎麼證明這十年自己的存在。即使裝滿一卡車的東西，即使把和自己有關聯的所有東西都拿走，也終究還是一場空。

　　關係不在了，和這段關係有牽連的所有事物，都變成了負累，只有壓抑。因此，她丟棄了很多東西，那些他們一起買的傢俱，那些她購置的精緻小飾品，甚至是她看過的書，用過的漱口杯，穿過的舊鞋。

◆

　　那天，他出差回來，看到滿屋狼藉，她把自己的必需品收納在箱子裡，堆放在門口。他挽留她，希望她留下，希望給他們的感情一次機會。可是她離意已決。

　　在狹小的書房，他的傷心從眼眸裡透出來，兩顆晶瑩的淚珠順著臉頰滑落，這是她第二次見他落淚。第一次是在他外公離世的時候，他在送葬的人群後面長跪地面，哭著說自己不孝，不能送外公一程。那時候，他的腳受傷了無法走路。他是一個開朗而且有擔當的人，很多情緒都不會輕易外露。

他說，我能抱抱你嗎？她沉默不語。他伸出手臂將她攬在懷裡，他的懷抱依然寬厚，他在她的肩膀上哭得像個孩子。她的心一陣絞痛，多麼溫暖的懷抱啊，他有多久沒有擁抱過她了，久到她已經不再熟悉他的氣息了。她抬起手臂，又緩緩放下，她無法給他回抱，她無法像過去一樣天真地認為這個懷抱是屬於她一個人的。

他哭著在她耳邊說：「妳好絕情啊。」

絕情嗎？她在心裡問自己，她閉上眼睛，無淚。

他們就這樣分開了，走的那天，他出差。他們甚至沒有一場正式的告別。三個月的時間裡，她一個人吃飯，一個人逛街，一個人看書，內心安寧。偶爾，過去的日子會在不經意間閃過，扯起的疼痛感令她窒息。他們之間幾乎沒有任何聯繫，偶爾的簡訊也只是有事的詢問。

◆

電影《前任3》上映時，他們在不同的時空裡看了同一場電影，她在影片的結尾處哭得不能自已。他們相處的十年隨著電影片段一幀一幀重播，分手總是帶著不可原諒的原因，堆積起巨大

的情緒和衝動。當這些洶湧的情緒逐漸平復，你發現，過去的日子再厚重，過去的人再難以割捨，逝去的情感都無法再平復，選擇的路也無法再回頭。於是，兩個人，漸行漸遠。

他們都在等，等一個人先說分手，那麼，另一個人就可以理所當然地離開。只是，他們都是這樣不肯表達的人。最終，無疾而終。

這是最疼痛的一種分手吧，沒有爭吵，沒有宣洩。情感在日復一日的糾纏裡逐漸淡去，疼痛和悲傷也只有自己知曉，直至一切都不復存在。

太陽西沉，房間越來越暗，她獨自一人坐在沙發上，看著眼前的事物逐漸變得模糊。她輕輕嘆口氣，起身，換鞋，出門。臨出門的時候，她把鑰匙放在門口的櫃子上，輕輕拉上門。

關門聲在身後迴繞，一扇門隔絕了兩個世界。

自此，終歸是橋歸橋，路歸路。

匆匆

相聚，分離，人生大抵如此。多少
相遇甚至來不及說再見，就已經是
轉身以後。而那些在你的生命裡刻
了骨的人，也無非是無疾而終。

原來有些人，只適合遇見

　　機場巴士在並不寬敞的街道上緩緩前行，猝不及防地，布達拉宮闖入視線，內心輕微地震顫。十年後再次到拉薩，無數次地觸及布達拉宮的雄宏，她給予的震撼依然存在。她拿出手機，在大巴劇烈的搖晃裡，拍下她的模樣。

　　照片發在閨密群組裡。

　　美麗很快發來語音：妳又去拉薩了，太好了。

　　她說，是啊，十年前說過，我還會來這裡，還會選擇冬天。十年後，我真的來了，依然是冬天。

　　美麗繼續感慨說，那時候一起到拉薩的四人，現在都已經物是人非。她喋喋不休地說起其他人的近況。

　　藍翔，酷愛旅行的個性男孩，時常在一時情緒上來時，開始

一場說走就走的旅行，不論時間，沒有牽絆。那年的拉薩之行，在她和美麗離開後，他借宿在拉薩的藏民家裡過年。後來，收入不錯的他辭去了穩定的工作，去了泰國拜縣。據說過著好吃懶做的賭徒生活，成為當地警局的監控對象。

百五，專業的登山愛好者，征服了一座又一座雪山，歷經無限風險和無數風光。十年前，除夕的晚上打來電話，在世界之巔送來新年的祝福。她記得他說那裡的星空很美。後來，他不再登山，離婚，再婚，有了孩子，過著穩定的生活。

美麗，她的好友，曾經一個人背著行囊，追隨所愛之人走過大江南北。最終，他們沒有在一起，卻在一個不經意的黃昏遇到了自己的命中注定。再後來，她成了兩個孩子的媽媽，在忙碌的生活中奮力打拚。不論風月，只談生活。

十年，是一場浩瀚的傾覆。看似日復一日的重複，在十年的長河中，卻是翻天覆地的改變。他們途經時光之手，在翻轉傾覆之中，變成了另外一副模樣。

而她呢，何嘗不是物是人非。時潮洶湧，捲走了以為會一輩子的人，他們微笑著和彼此說了再見，從此再也不見。就這樣，

和生活猝不及防地撞了一個滿懷，隨身行李散落一地。

◆

臨出發的時候，朋友問，去拉薩做什麼，她笑著說，重生。生活需要儀式感，可是過去的若干年，她從未給自己任何儀式，無論是承諾和一個人在一起，還是和一個人分開，無論是離開一個舊地，還是紮根在一個陌生的地方。**在曖昧不清的狀態裡，生活也給了她一個曖昧的結果。**所以，這次，她想給自己一個莊重的儀式，和過去告別。

拉薩古藏殊華客棧，極具西藏特色的房間陳設和中西結合的飲食，吸引了很多背包客。她放下行李，背上電腦到大廳吃晚餐。她是一個在暗夜裡講故事的人，而今天，她要在拉薩稀薄的塵世氣息中向不眠的耳朵說晚安。

節目錄製到後期，一個大約二十五歲的男生被服務生引導到她的桌前，「可以先坐在這裡嗎？今天人比較多。」

她看了一下足夠寬大的沙發，點點頭。男生未說話，在她對面緩緩坐下。他的氣色很不好，嘴唇乾澀，呼吸沉重，用手支撐

額頭，看起來很疲憊。

她問他：「你還好嗎？」

他依然低垂著頭說：「沒事。飛機降落的時候顛簸得很厲害，有些暈機。」

她點點頭，不再說話。

節目上傳完成，她收拾好東西準備回房間，他也正好吃完，拿背包準備走。他們一前一後出了大廳。後院是一個天井，三層樓的高度，空間不大，卻很別緻。到處掛滿紙燈籠，把整個小樓暈染成一片橘黃。

他走進她旁邊的房間，步履緩慢，有些踉蹌。關門前，他轉身問她：「我頭很痛，呼吸也很困難，是不是高山症，妳有什麼藥嗎？」

「你來之前有沒有喝紅景天之類預防高山症？」她問。

「沒有。」

「也沒有備一些藥？」

他無力地搖搖頭。

「等我一下，我拿來給你。」

她在背包裡找到藥，拿出幾片送到他的房間。他接過藥，輕

聲道謝，然後關上了門，隔絕了她即將出口的關心。

◆

　　房間裡是掛飾和畫像。她躺在床上，在昏暗的燈光裡看著房間陳設的一切變得模糊，又突然清晰，再模糊下去，恍惚間不知道自己身在何處。

　　是生活弄丟了自己，還是自己弄丟了生活。她在自己沉重的呼吸裡想。十年前到這裡，她輕鬆得如履平原。而如今，她略微感覺到呼吸困難。時過境遷，一切不再如故。

　　她突然有一種強烈的失敗感，自己的前半生就這樣在一場猝不及防的變故裡終結了。她眼睜睜地看著自己被一隻無形的手抽去了所有的色彩，瞳仁的黑，唇色的紅，鎖骨的白，只留一片灰暗。

　　她一直覺得自己是一個幸運且簡單的人，應該擁有的是一場簡單的愛情和一段簡單的人生。可是，途經的若干年，她的生命裡來來往往不斷有人湧入，然後熱鬧地離開。如同一場落幕的表演，音樂戛然而止，唯留下她一個人在舞臺中央，被一束聚光燈照射，孤單又決裂。

在模糊的意識裡，她逐漸睡去。夢裡又是一陣刀光劍影，看不清面目的形形色色的人，幻化出無數怪異的形狀，令她心悸。恍惚中，她聽到隔壁房間男孩重重的咳嗽聲。她突然有些擔憂這個看起來有些單薄的男孩子。

♦

第二天清晨，她在黑暗中醒來。窗簾的空隙間透出隱隱的光。因為預約了早餐，她起身盥洗，到了大廳。

昨天的位置上，男生已經吃完早點，在電腦上看著什麼。她走過去打招呼，問他感覺如何。他難得地露出一臉笑容，說好多了。

嗯，是好多了。她笑著說，臉上有了氣色。

這是一個笑起來很好看的男孩子，眼睛微彎，露出一口潔白的牙齒，有一種不諳世事的純淨和美好。

說起接下來的行程，男生說，他租了車，打算去羊卓雍措。如果她願意，可與他同行。想想反正自己也是一個人，羊卓雍措也是此行的目的地之一，她爽快地答應了。

車子在高原的路上顛簸，沿著此起彼伏的山巒，馳騁出數不

清的弧線。她坐在副駕駛座上，灰色的山脊和藍色的天空印在瞳眸裡。男生說他叫楓，做配件生意。

為什麼一個人來拉薩？她問。

重生。他說。

她驚訝地轉過頭來，看著他。來自不同地方的陌生人因為同一個聽起來有些做作的理由住在同一家旅社，去往同一個目的地。

隨著海拔不斷攀升，楓的高山症再次嚴重起來，呼吸沉重，心跳加快，嘴唇也開始發紫。她突然有些擔心，勸他返回。

可是楓仍然倔強地開到了羊卓雍措。當那一汪深邃的藍色印入眼底時，他們都不再說話。楓沿著湖水走了很遠，找了一個靠岸的地方坐下來。整個人縮進羽絨外套裡，像一尊雕塑。她在他身後遠遠的地方，略有擔憂，又不想打擾。

你真的可以讓自己相信，當你和讓你賞心悅目的風景共處時，當你在四千多公尺的海拔裡呼吸不到塵世氣息時，很多人事都可以退回到最初的模樣。彷若不諳世事的嬰兒，絕塵，單純。

她抬起頭瞇縫著眼睛看太陽，陽光很刺眼。

她起身走到楓身邊，在她靠近的一瞬間，楓側過頭，她看見他裝作若無其事地用袖口抹去了臉頰的淚痕。

　　回程，楓突然多話起來。跟她聊了很多他家鄉有趣的小吃和童年趣事。她聽著，有些昏昏欲睡。夕陽照進車廂，在楓的側臉閃耀出一圈微黃的輪廓。這個世界悲傷如林，每顆心卻都頑強地生存著，在濃重交錯的煙火氣息裡，用盡全力呼吸。

　　那個陪你走過一程的人，無論給予了你多少眼淚和幸福，都只是過客。你用生命承擔過，就已經足夠。就如同此刻，楓載著她在朝聖的路上遷徙，渡她一程，只為抵達內心深處的一汪寧靜。

　　他們踩著濃濃的夜色回到拉薩。除夕之夜，街道上人煙稀少。偶爾有人從窗戶裡放出一束煙火，她在煙花裡對楓說，又是新的一年，我們都要好好的。楓看著她，有些詫異，卻重重點了點頭。

　　第二天，她整理好行李，把自己準備的藥放在楓的房門口，離開。

　　相聚，分離，人生大致如此。多少相遇甚至來不及說再見，

就已經是轉身以後。而那些在你的生命裡刻了骨的人，也無非是無疾而終。

座標 12

絕望

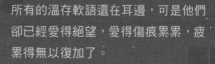

所有的溫存軟語還在耳邊，可是他們
卻已經愛得絕望，愛得傷痕累累，疲
累得無以復加了。

" 我終於不再愛你了 "

晨起，他們窩在被子裡看電影，電影講的是一個已婚男人愛上一個已婚女人，並為她付出一切直至生命結束的故事，悲情的是，女人並未給他同等的愛，用冷漠和絕情讓男人荒涼死去。

「女人絕情起來，比男人還絕情。傷害男人的利劍都是女人的冷漠無情。」她拿著手機側身而躺，手機螢幕裡畫面閃爍，他在身後擁著她，聲音在她耳邊低迴，帶著些許遺憾、悲哀和無奈。

她知道他的語氣裡有他的過往，內心莫名地湧起一陣難過。他不知道他總在不經意間讓她看到另外一個女子的影子，怎麼都揮散不去。她丟下手機，賭氣說不看了，不願看到他回憶自己的過往。他輕輕擁著她說，哪有回憶，他什麼都沒想啊，要她不要生氣了。

她想起昨天他們的爭吵，想起最後說好不再生氣，忍住了自己的情緒，說：「哪有生氣，你去洗澡吧，還要上班，我再躺一下。」

　　他溫柔地問：「真的沒生氣？」

　　「沒有。」她淡笑著。

　　他起身，打開音樂，是楊宗緯的〈一場戀愛〉，他踩著拖鞋走進洗手間，蓮蓬頭噴水的聲音從浴室隱隱傳來。

　　「這一場戀愛，我期待的女孩，她身影清澈，多麼晶瑩的無奈。這一場戀愛，過去和現在，無論晴朗破碎，總會有一轉身的等待。」

　　聽到歌詞，她的心突然一陣抽搐，她無力地捂住胸口，眼淚再次簌簌而落。

◆

　　和他在一起的幾個月，讓她流盡了過去十年的淚水。她不停地問自己什麼時候變得這麼敏感脆弱，不經風雨了。

　　他們相識的時候都已不再是青春朝氣的孩子了，他們都有自己的過去。他經歷過很多感情，有的如夏夜裡的露水，太陽升起

了無痕跡，有的刻骨銘心，痛徹心扉。他曾經告訴過她那段耗費了他大段青春的女子和情感，起初她當一個故事聽，後來她成了故事裡的角色，只是她始終不知道自己是主角還是配角。

她亦有一段糾葛了十年的感情，在瀕臨結束的時候，才遇見他，她義無反顧地和他在一起了。只是，時間是個太強大的字眼，讓她的自由不羈變得謹小慎微，她受到太多阻力，偶爾她也會困惑自己的選擇究竟是不是正確。他介意她過去那段時光裡的人，就如她也介意他的過去。

這個世界上有一種人，他們相似得好像同一個人，初見彼此時就像找到了自己生命中的複製人。他們熟悉彼此的微笑，明瞭彼此的內心，他們時常會說出對方的心思，他們會喜歡同一種口味，可是他們也會像刺蝟一樣，在受傷的時候豎起全身的刺，讓傷害氾濫，無處可逃。

◆

她和他就是這樣吧。他們都喜歡聽歌，和她一起的時候，他時常會單曲循環一首歌曲，從〈情有獨鍾〉到〈情歌〉，從〈幾個你〉到〈一場戀愛〉。他們會在音樂裡聊天，或者相對沉默。這

些歌曲後來都成了她在工作過程中必聽的音樂，這些歌曲也都成了他們相處的日子裡，一個醒目的標籤。

他們都喜歡寫字，寫出來的字充滿傷感的氣息。他會利用每個出差或者見她的日子，在距離地面將近三萬英尺的稀薄空氣裡記錄下自己的心情和感受；他也會幫她寫稿子，寫他們的故事，寫他朋友的故事。她曾經用五年的時間在網路上寫字，不停地寫，寫得憂傷而絕望，後來為了不讓自己過於沉溺，她放棄了寫作，直到遇見他，才重新拾起筆來。

他們骨子裡都有一種宿命般的孤獨感。在某個下雨的黃昏，雨水摔打在車窗上無辜滑落的時候，他會感到孤獨；在某個起風的清晨，落葉在街邊小道飄落，鋪陳一幕慘澹的昏黃，她會感到孤獨；在某個他城的夜晚，看燈火通明的飯店繁華到奢侈，他會感到孤獨；在某個加班回家的黑夜，站在路邊等車，看一輛又一輛汽車從身邊駛過，她也會感到孤獨。他們會在一個人的時候孤獨，也會在很多人的時候孤獨，如影隨形，甩也甩不掉。

這樣的兩個人有太多相似的地方，也有太多的過去難以承載。

他的感情受過傷害，因此拒絕過於親密的觸碰。他第一次把她的身體和熱情丟在偌大的床上轉身離開的時候，她默默地掉下了眼淚。她知道他有感情潔癖，被背叛之後就無法再專注地和一個女人有身體的糾纏。她有時候會很委屈，其他女人的因，卻要讓她來承擔這份果；她有時候也會很絕望，絕望到會用力地吻他，推倒他，試圖觸碰他，可終會被他推開。她一直渴望能和他有一場盛大的性愛，能讓她付出盛世熱情，哪怕掏空她的身體和意志，她知道這是因為深愛。只是，她輕微的靠近都會讓他後退和防備，那種本能的阻擋讓她難過，或許，她還不能走進他心裡。

◆

他們在另一個城市見面，在送她離開的高速公路上，她說：「要不然我不回去了，再待兩天。」他說好，眼神裡有讓人心疼的憔悴。他們剛從一場爭吵裡結束，他的瞳仁裡還留有哭過的氣息，她被這個眼神生生刺痛。她說：「去你的城市吧，我想去看看你生活的地方。」以前聊天的時候，他常說以後要結婚，她要跟著他走。

他有些遲疑，說：「還是在這裡吧，我請假再陪妳兩天。」

「不能再影響工作了，到你那裡，你工作，下班後我們還能在一起。」她堅持。

後來，他妥協了。他們從去機場的路上折返，去往另一個地方。她開玩笑問他：「你緊張嗎？怕嗎？」

他問：「怕什麼？」

她說：「怕碰到她啊。」這個「她」是她一直不能釋懷的人。

他說：「對啊，你們碰到多尷尬……還是待在飯店裡，不要外出了……你不會是專門找她去的吧……」

窗外是陌生的風景，聽他說這些，她內心的不安再次開始氾濫。她突然有些對未知的恐懼感，她害怕這種恐懼感會讓她不願再次來這裡。他終究是不能釋懷的，儘管他一千次一萬次地重複，他心裡已經沒有「她」了，儘管她也一千次一萬次地告訴自己要信任他，可是她還是沒辦法在這些話語裡無動於衷。

她不想說話，靠在他的肩膀睡去，可她睡得並不踏實，在半睡半醒間她聽到他訂了飯店，他終究還是不願讓她住到自己的家裡。她內心焦躁。這個男人，曾經信誓旦旦地要娶她回家，卻在她決意要去他的城市時變得遲疑不定，甚至不能以客人的身分去他家裡坐坐。她無力爭辯什麼，假裝睡去。

◆

　　晚上，他說帶她出去走走，在飯店一樓的咖啡廳裡碰到了「她」，他的前女友。真是天意，她在心裡想。他們走出大廳，出了旋轉門，他等了等她，牽住了她的手。

　　他們在微雨飄落的大街上走路，路過一家甜點店，他說這裡是他和「她」曾經來過的地方，路過一家飯店，他解釋他們在這裡吃過飯。他說：「妳來這裡最關心的事，我都講給妳聽，可是現在，這些地方我沒再去過，已經和我沒有一點關係。」

　　她看著他像個孩子一樣喋喋不休的模樣，有些心疼又有些無奈。**一個地方之所以不願再去，是因為那裡盛放了太多回憶。如果某天，回憶淡了、沒了，去和不去又有什麼關係呢。**她想起他在飯店碰到「她」時的緊張和不自然，想起出了門之後他才遞過來的手，想起他一路的猶豫糾結。

　　她知道，他是愛「她」的，可是回憶太深，深到他以為自己已經忘記了，卻不知愛只是被藏在一個更安全的地方。她愛他，很愛，可是她不知道自己是不是能愛他的過去，並對他的過去裝作若無其事。

或許，她能理解他，因為得不到她的篤定，他也會像一個害怕受傷的刺蝟一樣，把自己深深保護起來。於是，害怕靠近，有所保留。他把他的身體、他的內心都小心隱藏起來，也不願意把她帶到他的生活裡。他擔心自己的付出像淘進海洋的細沙，沒有一絲聲響。他怕他高調地把她請進自己的生活，卻再次變成一場鬧劇，他怕這種絕望的愛會一語成讖，讓他再次陷入萬劫不復的境地。

　　這樣的兩個人，相愛得熱烈而孤絕。

◆

　　她和家人通電話，家人堅決要她改變心意，離開他，回到之前的生活。她在深夜裡哭到心痛，他在旁邊安靜地抱著她。他知道她為他走得很艱難，他們都愛得疲累而艱辛，就像有天她在他懷裡哭著說：「我不想和你在一起了，我覺得好累，可是我非常非常捨不得，我該怎麼辦？如果可以，我寧願沒有遇見你，沒有愛上你……」

　　他會在某個時候望向她，眼神專注而出神，直到眼角有眼淚滲出。他說她和他過去那段情感裡的人何其相似，經歷也何其相

似。他擔心有一天失去她這件事也會一模一樣。他教她健身，在她大汗淋漓的時候，他說：「妳記得嗎？我教妳的所有動作，妳記得嗎？」她沒有注意到他問這句話時候的不同尋常，笑著說：「這麼簡單，當然記得。」

後來的某天，他們在午後的沙發上聊天，他看著她欲言又止。她問他是不是「愛得有些絕望」時，他驚訝地睜大了眼睛，他說：「妳是怎樣的女人啊，能說出我內心的話。」她笑笑。其實，他何嘗不知道，她也是如此，愛得孤單而絕望。他輕輕摟過她，說：「如果以後我們不在一起了，妳一定要找一個比我更好的人來愛妳，保護妳；妳要記得按時吃飯，要記得我教妳的健身動作……」她聽得淚如雨下。

原來，很多時候，他並不是如她看到的那般篤定和堅強，原來他也會絕望到落淚，原來他會在很多和她在一起的瞬間，想到那場可能到來的離別。

她記起他說以後一定要在一起，他要帶她在身邊，工作累了一個轉身就能抱到她。

她記起他說以後要帶她看世界上最乾淨的海，兩個人手牽手

在無人的沙灘散步，看夕陽，看日出。

她記起他說要請最好的朋友給他們拍最棒的婚紗照，地點選在哪裡好呢，瑞士，還是芬蘭？

她還記起他說已經在看婚禮顧問公司了，她好奇，問他不是要旅行結婚嗎？他說：「是旅行結婚啊，可是妳總要給我一個機會向全世界宣布我要娶妳了。」

所有的溫存軟語還在耳邊，可是卻已經愛得絕望，愛得傷痕累累，疲累得無以復加了。他們似乎都預見到一場別離，就像他們正在觀看的一場電影，無論坐在一起的他們十指如何緊扣，也無論電影的情節如何高潮迭起，電影的燈光終會亮起，刺痛習慣黑夜的雙眼，巨幕的畫面也終會變成一行行看不清楚的字幕，而他們，也終將向左走，向右走。

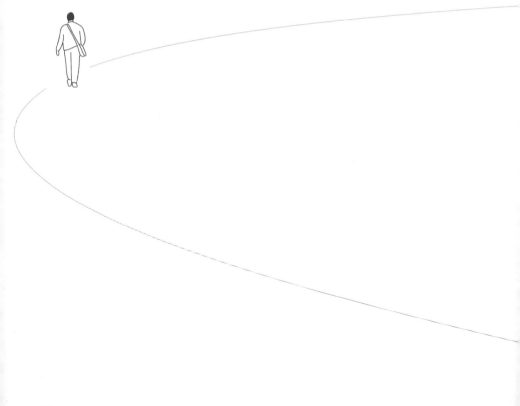

座標 13

勇氣

堅持給予我的全部內涵，就是在想
要放棄的時候，咬著牙忍了忍，又
過去了。

" 最值得驕傲的堅持 "

這一生，人總要有一次值得驕傲的堅持。

時常有聽眾私訊問我：我可以和妳一樣當廣播主持人嗎？

為什麼不可以呢？很多事，只是你想不想和有多想的問題。

我當廣播主持人已有十年了，這是我目前為止最值得驕傲的堅持。我無法每天記二十個單字，做不到每天練習瑜伽，甚至不能像很多女生一樣每天保養自己的皮膚，可是，我卻在麥克風前堅持了十年。

記得最早成為電臺兼職主持的時候，為了一集節目，我可以花十個小時的時間編輯文字和音樂，對著電腦反覆練習什麼時候音樂應該響起，什麼時候該用什麼樣的語氣。我把每週日晚間的節目當做一週中最重要的一種儀式，很多週日的黃昏，都會重新

洗臉，上妝，進入直播間。儘管我根本不需要露臉，儘管整個夜晚都不會再遇見其他人。

這是一種很愉悅的儀式感，自己喜歡的事和喜歡的心情都該一起出行。

那時候，我會在傍晚六點進入電視臺，出門的時候已經是深夜十二點了。除了兩個小時的直播，還有四個小時的值班。而六個小時的報酬只有幾百元。有時候我會想，如果現在花這麼多時間做一件事，回報卻是微乎其微，我是否還能像曾經那樣無怨無悔。我猜恐怕是做不到的，除了因為現在瑣事太多，總要衡量一下機會成本，更重要的是現在大概已經沒有了那些年的狂熱和勇氣。

什麼階段就會做什麼樣的事，而我也慶幸自己在最該付出的時候沒有吝惜。

◆

深夜回家時，樓梯上孤獨的腳步聲、深長幽暗的巷子，和偶爾亮著的一盞燈，是那些年我全部的記憶。我一直都相信，一個廣播主持人的聲音是一種天賦，卻不是必然，真正打動人的是你

的聲音裡是不是有誠意。

六年的直播生涯裡，我一直在學習說話，學習如何才能讓自己更自然地表達自己。時常，我也會回聽我第一次直播的音訊，那是我唯一保留的早期直播節目。每次聽到一半，自己就會忍不住笑出聲。感謝那個時候給了我很大寬容的耳朵們，儘管我已不知道你們在哪裡了。這也讓我逐漸學會了寬容，因為你的寬容會留給別人進步的餘地。

後來，我無意中接觸了 Podcast，上傳了幾集直播錄音，無意中被注意到，繼而和 Podcast 平台簽約，關注人數從零突破到七十萬。一路走來，我始終記得自己對播音的鍾愛，所謂不忘初心，方得始終，大概就是一種從情感到身體力行的堅持吧。

工作越來越忙，生活的瑣事越來越多，想放棄的念頭也越來越多，可是我還是在這裡。因為不捨，也因為堅持，堅持給予我的全部內涵。就是在想要放棄的時候，咬著牙忍了忍，又過去了。當然，我時常會覺得力不從心，覺得應該可以做得更好，也會怕辜負，怕傷害。可是，那又怎樣呢，盡力了，就好。

♦

今天看粉絲專頁的時候，無意中發現一個可愛的留言：嗨，你好，你肯定不記得我了，兩年前我曾經留言，說你的聲音一點感覺都沒有。兩年過去了，經歷了生活的巨變，又趨於穩定，有點小起大落吧，又經歷了成長中的兵荒馬亂，青春中的多愁善感，讓我明白，好吧，你讀得非常好，聲音很好聽，我簡直是專業打臉戶。

哈哈，誰說不是呢，**堅持的過程總會遇到否定與質疑。只是，無論周圍再怎麼不看好你，你也要看好自己。**

前面的路還很長，請和曉希，一起堅持走下去！

出走

> 我們總會有各種羈絆和阻礙，想做一件事，似乎很難；我們總會遇到人生的低谷，似乎看不到太陽，也找不到出路；我們總會經歷大大小小的曲折，似乎不知方向，也不確定路的那頭是不是萬丈懸崖。

我們都該用力奔跑，
為一個勇敢的開始

　　好友Joy終於去了國外留學。看著她傳來的照片，我的內心瞬間溫柔了起來。照片上，她戴著誇張的太陽鏡、粉紫色的頭巾，穿著碎花藍布長裙，看起來很有異國的樣子。她的懷裡抱著一隻漂亮的小雞，咧著嘴笑得很開心。我回應她一句話：妳終於夢想成真了。

　　這一年，她三十五歲。

　　我們在二〇〇九年相識，初識她的時候，她在學校教書。除了性格開朗，幽默風趣，她的日子也和每個普通人一樣，朝九晚五地上班。和一個談了八年戀愛的男朋友，在馬上要談婚論嫁的時候分了手。我們問她為什麼，她說她不喜歡和一個每天只會抱

怨社會的憤青一起生活。

◆

　　我們相識的第一個寒假，相約好一起去旅行。每次小聚的時候，我們和幾個朋友都興高采烈地聊攻略、排行程，想像如何度過美好的假期。但每次都是快要出發的時候，大家卻因為各種原因退出了旅行，有的人說要照顧父母，有的人要參加假日進修，而我也因為工作的事放棄了，最後留下的只有她一人。

　　我記得那一次，我們決定旅行的地方是尼泊爾。臨走前一週，她曾經打電話給我，遊說我和她一起去，她說這是她第一次一個人外出旅行，有些忐忑。其實，我很想和她一起去，畢竟尼泊爾一直是我心心念念的地方，只是，卻被各種顧慮和瑣事束縛了手腳。

　　我們總是這樣，想做這件事，想做那件事，想的時候會有各種幻想和動力，覺得一切都在自己的掌握中。可是當付諸行動時，任何一點細微的挫折都可能讓我們放棄。於是，那個想做的事情只能停留在想的階段，我們靠著不需要任何成本的想像虛晃地支撐起了這一生。我們永遠都不會知道跨過那個想像的階段，

我們的世界將會是什麼顏色，有了第一次的開始，生活又會有什麼不同。

　　最終她一個人去了尼泊爾，在大雪紛飛的一個清晨，她打電話給我，她說她的每一天都是以往的自己沒有經歷過的，她的每個視線停留的地方都是她以前沒有見過的，她說她想留下來。

　　那是她的第一次一個人的旅行。

　　後來，一切都順理成章地開始了，印度、菲律賓、印尼、泰國、寮國、伊朗、土耳其、美國……她不再畏懼一個人出門，她外出旅行就像回一趟老家般自如，她結交了許多世界各地的朋友，她已經不是那個只知道閉門教書的Joy了。

　　她會在印度瑞詩凱詩的小山上找一個瑜伽大師，學習瑜伽；她會在泰國看見一群孩子在校園玩遊戲，就不由自主地加入其中；她會在菲律賓的一個小教堂接受洗禮；她會在印度一個陌生人的葬禮上，突然就淚流滿面；她會為了節省開支，一個人蜷縮在機場的長椅上，度過漫漫長夜。

◆

我們偶爾還是會聚會，可我們能分享的只是她旅程中的見聞，遇見了誰，經歷了什麼。誰都知道，這樣的經歷讓她對待生活的態度有了深刻的變化。很明顯的是，她開始對生活有了良好的規劃，對任何事都有了明確的目的，不願意再把時間花在八卦和打趣當中。她利用工作之餘當導遊、開補習班，所有的收入只為一次長途旅行。她像一個陀螺一樣，不停地旋轉。

　　很多人都抱怨自己時命不濟，生活處處碰壁，想要做的事情總是做不到。可是總有人在為了自己想做的事情勇敢開始，並堅持遠航。很多時候，我們能做的只有用盡全力，努力走到所有人的前面，超越他人，也超越自己。而不是一邊抱怨自己運氣不好，一邊一遇到挫折就放棄。所有人都在用力奔跑，不是只有你受盡委屈。

　　她考雅思，拿到了幾所大學的offer，可最終因為家庭和經濟的原因放棄了。有一次，她很遺憾地說，她的雅思成績過期了，她還是沒能在這之前籌到上學的費用。我能想像她的世界已經夠開闊，夠豐富，不是這個小小的城市所能容納的了。後來，也就是在今年，她再次拿到雅思高分，並且終於勇敢地走了出去。

偶爾，我們也會聊起她的第一次旅行，她說那個時候很忐忑，太多顧慮和擔憂，很多次想過要放棄。即使到了後來，在臨出發前內心也是沉甸甸的。只是，邁出了第一步，一切就都會水到渠成，那些逐漸成長起來的堅毅，那顆逐漸強大的內心，都成就了她說走就走的旅行。任何事情，開始都是最難的，需要膽識與勇氣。

　　我時常會想，如果沒有她的勇敢開始，今天的她會過著怎樣的日子；我也會想，如果當時我們幾個都一起出發，今天的我們又會如何。只是，世界不是靠想像的，有了想法和目標，就該勇敢地開始。

　　因為，一切的偉大都源於一個勇敢的開始。

　　我們總會有各種羈絆和阻礙，想做一件事，似乎很難；我們總會遇到人生的低谷，似乎看不到太陽，也找不到出路；我們總會經歷大大小小的曲折，似乎不知方向，也不確定路的那頭是不是萬丈懸崖。但是，每一個成功的喜悅，每一次心願的達成，每一個目標的實現，都是我們勇於開始的結果。

　　願你不浪費時光，不模糊現在，不恐懼未來，願你堅定不移，願你勇往直前，願你在滿是荊棘的人生裡唱出絕響。

座標 15

相伴

愛他，就是要給他一個安穩的家；
愛他，就要給他一生的慈悲；愛他，
就是要和他有說不完的話。

愛他，
就是和他有說不完的話

豆豆和張琪是迄今為止我見過的最恩愛的夫妻。

豆豆是我的大學室友，瘦高，話語不多，卻很有自己的想法，講話慢條斯理，頗有些老大的風格，人緣極好。

大二那年，大家好像商量好似的，一夜之間都有了男朋友，豆豆也不例外。她的男友是她的高中同學，叫張琪，在另一座城市讀建築設計。自從兩個人確立了戀愛關係，我們宿舍的電話就沒有空閒過。電話在她的床頭，她經常把電話抱到床上，一聊就是一個多小時。有時候，半夜也會聊，為了避免打擾我們休息，她或者捂在被子裡打，或者把電話線拉長到門外。半夜去洗手間的女生，經常會被倚坐在走廊牆邊竊竊低語的她驚嚇到。

有次，隔壁宿舍的女孩去洗手間，打開房門就看到有一長髮女子披頭散髮，蜷縮在牆角。當天，豆豆和男友吵架，電話這頭，豆豆抑制不住地低聲哭泣。加上走廊裡的燈光忽明忽暗，那女生可能越走越害怕，越靠近越恐慌，最後沒忍住尖叫一聲掉頭就跑了。正專心打電話的豆豆猛然被這一聲尖叫嚇了一大跳，以為有什麼奇怪生物出現，也大叫一聲，丟掉電話，就害怕地衝進了宿舍。後來這件事成為我們宿舍的趣談。她每次打電話的時候，都會被我們取笑一番，提醒她當心被自己嚇到。

　　按理說，學生沒有收入，每月的電話費都能犧牲掉她的一頓改善生活的火鍋和一件心儀的衣服。可是，她似乎並不介意。為了能擠出更多打電話的費用，她省吃儉用，節衣縮食。那時候的宿舍電話是用電話卡的，她把每次用過的電話卡都細心地保存下來，買了一個漂亮的卡冊，把它們認真地裝進去。她也會買一些成套的或者圖案漂亮的電話卡，閒暇的時候就拿來翻一翻，好像看著這些卡，就能記起很多甜蜜的細節。

　　記得後來有次到她家，她也曾翻出這些卡片來給我看，問我還記不記得那些瘋狂打電話的日子。我說當然記得，每天晚上吵

得我睡不著覺。她說，現在想來確實很不好意思，但那個時候就是忍不住想要和他說話。

　　豆豆總說，愛他就是和他有說不完的話。這一點我不能感同身受，卻非常佩服。記得有次和她去網咖通宵上網，我整個晚上都是在打打遊戲，聽聽音樂，聊聊天，天快亮的時候，已經睏到不行，最後趴在沙發上睡著了。一覺醒來，看到豆豆還在精神抖擻地聊天，電腦介面和姿勢跟剛進網咖坐下的時候一模一樣。

　　我認真地趴在她桌前觀察了一下他們的聊天記錄，都是一些瑣碎小事。我驚詫她怎麼有這麼多說不完的話，只是打錯了一個字，都可以笑著說半天。她的表情和他們的聊天息息相關，一會微笑，一會大笑，一會皺眉，一會黯然，全神貫注的樣子完全沉浸在自己的世界裡。天大亮的時候，我招呼她時間到了，該走了，她頭也不回說妳先走，我再續一小時。

◆

　　後來，豆豆畢業，張琪也從另一個城市來到了豆豆身邊。兩個人也算結束了三年的遠距離戀愛，真正在一起了。他們剛工作的時候，我到二人租住的小居室去過。房間很小，一個臥室，一

個廚房，一張床已經占據了房間的半壁江山。

我把張琪趕走，和豆豆在狹小的房間裡聊了一晚。她當時情緒有些低落，說到兩個人從遠距離到朝夕相處的改變，結束了相思之苦，卻帶來了更多摩擦，也說到剛工作的艱難和與社會的格格不入，以及在這個收入不高，房價很高的城市怎樣才能有一個屬於自己的家。我無力地安慰了她幾句，說以後會好起來的。

畢業兩年後，豆豆有一天打電話說要我做她的伴娘，她要結婚了。我當時高興得竟無以言表，有情人終成眷屬，從制服到婚紗，這樣的愛情總是令人羨慕。

結婚的前一天，我去了她的新房。房子在城市蛋黃區，六十坪的樓中樓，簡約大方的裝修，是我心儀的模樣。每一個細節都能看出女主人的用心。尤其喜歡她的主臥，房間很大，床面很寬。我不客氣地將自己摔在她的新床上，被芯散發出純淨、清新的味道，令人沉醉。她走過來，和我頭對頭地躺下，一瞬間，彷彿回到了我們的校園時光。

她問：「妳還記得我們之前租住過的房子嗎？」

我說：「當然，我們不是還同床共枕過嗎，哈哈。」

她說：「那個時候覺得，我們的婚姻渺茫，事業渺茫，天天都會吵架，誰也不會想到我們現在可以婚姻連同事業，一起擁有。」

　　豆豆講起過去的兩年，她在高中教書，好學上進的她很快在教務處擔任重要職務。而張琪的薪資待遇也很好，兩年時間就賺到了房子的頭期款。豆豆說，張琪除了太忙，很少時間陪她外，能給她的都給了，包括包容、呵護和疼愛，當然也包括物質生活。

　　而過去的兩年，我從大城市回到這座城市，也經歷了很多學業和情感的波折，對愛和家的概念已經逐漸模糊。可是，眼前的場景，卻讓我有了莫名的感動，內心湧起一陣複雜的情愫。如果這個世界還有人讓你有結婚穩定下來的欲望，這個人一定是給了你一個踏實的家。

　　我問她：「你覺得婚姻的意義是什麼？」

　　她說：「婚姻就是給彼此一個家。」

　　婚姻裡，每一步、每一程都需要用心體悟，用心感知。如果二十六歲結婚，七十五歲終老，我們有五十年的路程相伴要走，哪裡會沒有磕絆、誘惑，甚至傷害？可是，我們的感情終會在細

水長流裡留住歲月的精華。

◆

　　後來，我離開了那座城市。但是，我知道他們的婚姻一直保護著彼此的愛情不受傷害。她有了寶寶，寶寶能爬的時候，她打電話說，現在真覺得對不起寶寶，因為她和張琪每天仍有說不完的話，有時候兩個人一起說話或者看電影，就會扔下寶寶自己去玩。寶寶再大一些後，她就開始帶著全家到處旅行，她經常會發他們一家三口其樂融融的照片，也會分享孩子成長的點滴給我。我知道她一直如她自己所說的那樣，在用心感受生活。

　　我願意相信婚姻於愛情的意義，是昇華，是保護。愛他，就是要給他一個安穩的家；愛他，就要給他一生的慈悲；愛他，就是要和他有說不完的話。

安心

愛情總有千般模樣，可以被用來郵寄的
愛情，也是遠距離的兩個人呈現出來的
愛情模樣吧。雖然有愛而不得的惆悵，
可是相愛總能敵得過時間和空間的距
離，相愛，總能給彼此最踏實的安心。

"被郵寄的愛情"

在我們父輩的年代裡，通訊不發達，愛情是一封又一封的信箋，帶著溫馨、甜美、酸澀和惆悵的味道。從彼此有了空間距離開始，愛情就被打包，郵寄成為傳遞愛情的唯一途徑。每當夜深人靜時，很多當面無法表達的情感，都被細細寫在潔雅的素箋上，從帶色的郵戳啟程，越過萬水千山抵達愛人的手心。

郵寄愛情憑幾頁薄紙而萌生一片蔥鬱風景。只是郵寄，也就深刻領會了「兩情若是長久時，又豈在朝朝暮暮」的含義。

而如今，我們已經過了郵寄信箋的時代，便捷的通訊方式不再需要情侶為了表達濃烈的思念，把一封又一封信丟進綠色的郵筒。時代正在以飛一般的速度前行，帶著步履蹣跚的我們一路

跟跟蹌蹌。人與人之間的情感也變得不再深沉，速食消費不用全心，防備心的增加和安全感的缺失與日俱增，愛情似乎也缺少了一點讓人溫暖的安心。

後來，快遞風靡，任何吃穿用度都可以透過快遞，在極短的時間裡送達。於是，愛情又被打扮成快遞的模樣被郵寄。

◆

曉靳和男友應該就是這樣吧。自從戀愛的第一天起，兩個人就跨越著半個地球的距離、十二個小時的時差。

她時常在明媚的時光裡向地球另一邊的他說晚安。忙碌的時候，兩個人甚至無法找到一個可以說話的時段。曉靳時常說：「你那邊為什麼不轉得快一點呢？這樣就能追上我了，我們就能在同一個時區了。」每到這個時候，男友就會寵溺地說：「傻瓜，那妳等等我轉慢一點啊。」

他們表達愛情的方式，除了每天傳訊息、視訊和打電話之外，還有快遞。男友時常會網購一些自己或者曉靳喜歡的東西，然後快遞給她。有時候是他吃到的一種很好吃的水果，有時候是他看到的小店裡很有特色的飾品，有時候是他看過的一本書，有

時候是冬天裡的一條圍巾。從吃穿用度到一些沒什麼實際用處的小東西，他都會快遞給她。就好像要把他所有的生活一股腦地打包寄給她。

　　他時常對曉靳說：「我不能在妳身邊，所以希望更多我喜歡或者妳喜歡的東西能替我陪妳。」他已經習慣了看到一件衣服，就想像曉靳穿上的模樣；看到一個髮飾，就想像她戴在髮間的感覺。任何一個東西，都會想像她擁有時候的表情。曉靳喜歡有特色的耳釘，他會花很長時間找各種款式的耳釘，再快遞給她。

　　他郵寄給曉靳最誇張的一件東西是他在網路上訂做的酷似他的軟陶人偶。他一共訂做了十個，每個都有不同的表情、不同的姿勢。每個表情代表一個字，排列起來，是那句「願得一人心，白首不分離」。曉靳看到這些人偶的時候，差點笑出聲來。男友每一個搞怪的表情、滑稽的姿勢，都讓她忍俊不禁。

◆

　　曉靳有次開玩笑地對男友說：「你有過那種收快遞收到手抽筋的感覺嗎？我現在就有。」有段時間，她每天都會有一到兩個快遞通知。公司負責接收快遞的阿姨一看到她就說：「男朋友又寄快

遞來了。」她有些難為情，有時候會拿一些水果送給阿姨，表達自己的歉意。阿姨總會慈祥地說：「沒關係，你們也不容易。」阿姨一句無心的「不容易」讓曉靳差點掉下淚來。

在同事的眼中，曉靳應該是最幸福的。每天都有收不完的禮物，有時候是一人高的玩偶，有時候是一束鮮花。總有女同事專門跑過來問曉靳今天收什麼禮物了，表情裡滿是羨慕。曉靳很享受打開包裹的過程，拆包裝時候的期待，看到禮物時候的欣喜，她一點一點地感受著男友為她挑選禮物時的用心。看著看著，就會熱淚盈眶。

她知道男友是為了彌補不在她身邊的缺憾，給她每一份溫暖。雖然，有時候她也會覺得再多的禮物也不及男友一個愛的擁抱。可是，在無法擁抱的時候，這份一直奔波在路上的愛，也會以完好無損的模樣準時送達。

曉靳是個粗心的女生，工作忙碌的時候時常忘記吃飯。男友會挑選一堆她愛吃的零食快遞到她公司，並叮嚀她餓的時候就吃一點。曉靳的工作每天都需要對著電腦，冬天冷的時候，男友會體貼地寄來暖手墊，讓時常手腳冰涼的她備感溫暖。

偶爾，曉靳會抱怨一個人打掃房子很麻煩，男友會立刻寄來掃地機器人。除此而外，所有生活中需要、她卻沒時間沒精力去挑選的傢俱，男友都會替她挑選好寄過去。男友說，他不在她身邊，很多事情無法親力親為，就希望能多想一點，多做一點，讓她不至為了生活瑣事花費太多精力。

　　因為時差，他們有很多事情不能同步完成。唯有週末，兩個人才能在白晝和夜晚的交匯處彼此陪伴。有時候，曉靳工作，男友就一直在電腦那端陪著，即使到深夜，也遲遲不肯睡去。實在撐不住了，男友在視訊裡打瞌睡，曉靳看著，覺得既心疼，又甜蜜。

　　愛情總有千般模樣，可以被用來郵寄的愛情，也是遠距離的兩個人呈現出來的愛情模樣吧。雖然有愛而不得的惆悵，可是相愛總能敵得過時間和空間的距離，相愛，總能給彼此最踏實的安心。

　　願你，能找到最適合自己的愛情方式。

心甘情願

當你真正愛一個人，願意被一個人
牢牢拴住的時候，你渴望的不再是
所謂的自由，而是要和他在一起。

> **此刻的溫柔陪伴，**
> **就是此生最長情的告白**

我們時常會看到一些溫馨的瞬間。

走在上班的路上，我曾看到夫妻兩個人互相依偎著在路邊散步，男子腿腳不便，身體傾斜，重心完全落在女子身上，女子為了保持平衡，身體也略微傾斜，用力抵住男子的身體。男子長得高大壯實，女子卻瘦小纖弱，兩個人的身體觸碰在一起，像一個完整的「人」字。

在下雨的街道上，一位年輕的母親為抱著孩子的父親撐起傘，雨水濕透了她大半個肩膀卻毫無知覺，一心只為照顧好身邊的愛人；父親小心地呵護著孩子，偶爾轉過頭來，看著妻子，眼神溫柔。

每個溫馨的畫面背後，可能並不是我們想像得那麼簡單。受傷的男子也會因為行動不便而焦躁不安吧，年輕母親也會和孩子父親因為一些瑣事而爭吵吧。每個能讓我們感受到的溫暖和愛，都深藏著雙方或者某一方的包容、理解、付出和陪伴。

　　這個世界上最溫暖的事情莫過於當你經歷風風雨雨時，一轉頭那個人一直還在這裡；這個世界最溫暖的情話莫過於，我要陪你一起慢慢變老。你應該去想想，不善言辭的他默默陪在你身邊已經多久了？歲月長，衣衫薄，此刻的溫柔陪伴，也許就是此生最長情的告白。

◆

　　果凍和荔枝是一對我認為蠻奇葩的夫妻。在所有人都說再親密的關係都要給彼此留有空間的時候，他們二人卻好得像要黏在一起。剛結婚的時候，兩個人就曾互相約定，除了每天工作的八小時外，除了不能一起出入的場合外，他們都要同出同進，永不分離。在大多數朋友都不看好他們的相處模式時，他們自顧自地開始了互相陪伴的婚姻生活，這一陪就是十年。

　　兩個人工作的地方在城市的兩頭，他們商量好每天早起，果

凍會開車繞很長的一條街送荔枝到公司，再換自己去上班。下班的時候，除非需要加班，果凍每天還是要繞很長一條街接荔枝，然後一起回家。果凍的工作比較忙，晚上經常加班，荔枝就會幫他買好餐點，在辦公室等他。

他們說好，工作不能帶回家，只要跨進家門，和工作有關的事情都不許被提起。晚餐也會一起準備，果凍準備食材，荔枝主廚，吃完飯，一個洗鍋，一個洗碗，分工合理，配合默契。

兩個人約好每晚都要有一段共同的閱讀時光，書桌前靜坐的兩個人都要拿出自己喜歡的書，果凍喜歡天文地理，荔枝喜歡小說散文。大多時候，他們會各自專注地讀自己喜歡的書，偶爾荔枝會分享她看到的很有道理的一段話，或者讓她感慨的一段情節，兩個人為此討論一會兒，聊一會兒，再各自安靜。

看完書，荔枝喜歡的連續劇開始了，兩個人又會一起窩在沙發上追劇。奇怪的是，不喜歡言情劇的果凍，總也能和荔枝一起看得不亦樂乎，評論得頭頭是道。所謂愛屋及烏，大概就是這樣吧。沒看劇的時候，電視會播放他們存放進去的照片，這些照片都是在他們曾經一起去過的地方拍的，有屬於他們自己的回憶。果凍時常說，**兩個人一起回憶是一件幸福的事，它能讓他們倆永**

遠不忘初心。

我們都在質疑這樣的相處模式，覺得時間久了會厭倦。每次聚會問他們，他們都會相視一笑，說：相愛，就不會拒絕在一起；相愛，就是哪怕再平淡、再瑣碎，也能找到生活的樂趣。

或許是吧，當你真正愛一個人，願意被一個人牢牢拴住的時候，你渴望的不再是所謂的自由，而是要和他在一起。無論是冰箱裡取出的新鮮食材做出的溫暖味道，還是乾衣機裡取出的乾爽、潔淨的柔棉衣物；無論是辛苦了一天的疲憊和辛勞，還是孩子一個天真單純的微笑，有你，這就是家，就是愛的味道。

撕扯

> 這個世界上最令人痛惜的，不是你
> 經歷過怎樣的傷害，而是在傷害之
> 後，你缺失了信任的能力。

" 我們不吵了，好嗎 "

　　她記不清這是他們第幾次爭吵了。掛掉電話，房間陷入一片沉寂。她走到窗邊坐下，看向窗外。

　　窗外是星星點點的萬家燈火。橘黃色的燈光從每一扇窗戶印出，暈染在她淚光盈盈的瞳眸之後。

　　每次爭吵，都讓她精疲力竭。她在爭吵中感到絕望。她分明感覺到兩個完全不同世界的人在拚命撕扯，拚命想要將對方拽到自己的王國。每一個聲淚俱下的表達，換不來對方的感同身受。他們用力表達自己，控訴對方，卻沒有一個人願意低頭。

　　爭吵是一件讓人難堪的事。兩個原本很相愛的人，在一個有分歧的問題上，不斷蔓延，不斷升級，再小的事，被提高到愛與

不愛的高度，最終不可收場。就像一個本來毫不起眼的裂縫，最後演變成一道鴻溝。他們聲色俱厲，把自己最糟糕的一面呈現給對方，暴戾，偏執，決絕。

◆

　　她本是一個安靜且淡然的人。很多朋友給她的評價是，溫柔，與世無爭。她在別人眼中做事冷靜，情緒平穩，態度和藹。可自從遇到他，在他面前，她像變了一個人，計較，敏感，任性。

　　或許是太愛了吧。她在意他的態度，計較他的忽略，生氣他不能對她公平而語。她經歷過一次背叛，在那一次毫無保留的信任中，她沒有給自己留退路。因而，在面對他時，她變得敏感，多疑，沒有安全感。

　　她否決感情裡的從一而終，她不相信他會對她始終如一，她害怕再次被傷害，被拋棄。

　　這個世界上最令人痛惜的，不是你經歷過怎樣的傷害，而是在傷害之後，你缺失了信任的能力。

　　她明白自己的問題在哪裡，小心眼，多疑，偏執，就像很多女孩子在一段感情裡表現的一樣，自找麻煩。她也會在他們和好

的時候，歉疚地承認自己太鑽牛角尖了。他會摟著她說，怎麼辦呢，自己寵壞的女人，跪著也要寵下去。可是，到下一次面對相同的問題，他們又會大動干戈地爭吵。

他是一個簡單的人，簡單得眼睛裡只有她。甚至在想到以後他們的孩子會和他搶她，他都會煩心。他介意她工作太忙，留給他的時間太少，介意她的工作環境異性太多。

或許他們是同一類人，太過相像。記得一個朋友曾跟她說，兩個性格相同的人能否相處的好，取決於他們是否認可自己。或許如此，因為不能認可，他們的難過並不被彼此感同身受。

◆

爭吵到極致，她會將「分手」脫口而出，會不顧一切地要離開。但每次這個時候，他都會緊緊地拉住她，任憑她如何掙扎。直到兩個人最後筋疲力竭，傷痕累累。

因為是遠距離戀愛，他們每隔兩週會跨越一千多公里在另外一個城市見面。見面的所有時間加起來也只有兩天，但他們會用一個黑夜吵架不休，甚至斷斷續續從開始吵到離開。可離開的時

候，又會無比失落和遺憾。一次跨越一千多公里的相見，就在爭吵中消耗了。於是，他們說，以後不吵了。可沒多久，爭吵又會捲土重來。

他們曾約定，無論她怎樣竭盡全力要逃離他，他都不要放手。因為最後，她一定會乖乖回來，留在他身邊。可是如果他放手了，她就會迷路，再也回不來了。

在一次她無比堅決地要分手之後，他對她說，看來這一次，我拉不住妳了。如果妳真的要走，那麼，就照妳的意思吧。聽到這句話，她突然愣住了。每次提出分手的是她，看起來強勢又咄咄逼人的也是她。事實上，她只是一個外強中乾的空殼。她從未想過有一天他真的會放開她，更加沒想過，如果他放手了，她該何去何從。

她在黑夜裡痛徹心扉地哭泣，內心疼痛到不能呼吸。其實，這是一個可憐的女孩。像一個刺蝟，生怕被傷害，因而豎起滿身的刺，刺傷別人，也刺痛自己。

有人對她說，妳沒有找到那個讓妳心安的人。可是，他們分明那麼相愛。她甚至一度覺得，如果失去他，她的生命就會變成

灰色，不再有意義。

◆

　　工作中的她知性，成熟。可在他身邊，她就像個不諳世事的小孩子。他說，他最喜歡看她撒嬌的模樣，像一個需要被寵愛的小女生。她也很疑惑，他們終究是不合適，不能很好相處，還是太合適，都讓彼此在愛情裡變成了任性的小孩。

　　該怎麼說呢？
　　其實，很多時候，我們都太在意自己的情緒了，忘記了無所顧忌地爭吵是很能發洩情緒，但是感情的裂痕會隨著彼此的暴戾而憤怒地擴張。忘記了傷害的語言正是出自你們曾互相親吻的唇齒。忘記了站在原地的那個人需要多麼巨大的勇氣，才敢去拉住一個拚命想要離開的人。忘記了在分崩離析的瞬間仍不放手，咬緊牙關再妥協一下的那個人，才是真的愛你。忘記了每個任性的本錢，都是對方給予的愛。
　　這個世界上，可以用愛融化的問題，就不要用暴力去解決。用微笑可以面對的矛盾，就不要用戾氣去相對。沒有哪種感情天

生是相配的，只是會經營的人，總能讓彼此一點點契合。也不要相信，你們之間是否合適這樣的理論，相處是技術，相愛才是王道。

　　我們不吵了，好嗎？

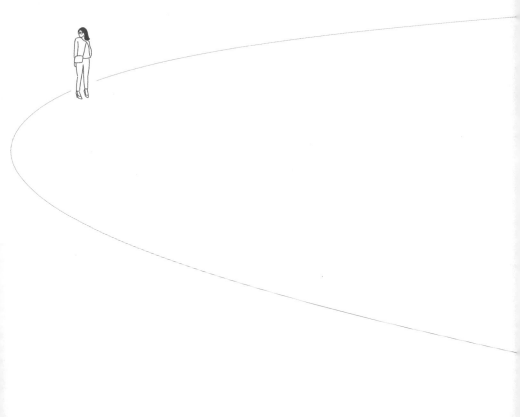

座標 19

踏實

> 我們無法從周圍的環境或對方身上
> 獲得安全感，能獲得的只是一瞬間
> 的幸福感。

愛情中的安全感

一次，我和兩個閨密在群組裡聊天。米粒問：「為什麼現代人的防備心越來越嚴重？」

「這是現代人開放的緣故。」一朵快速敲出一行字。

開放？我和米粒都有些迷惑，二者有什麼關係？

「因為開放，人與人之間的情感不夠深沉，全部都是速食消費，所以不用全心全意地付出。這種情況，會讓人嚴重缺乏安全感。」一朵繼續說。

「是啊，有時候看著通訊軟體裡滿滿的連絡人頭像，竟然會覺得恐慌。」米粒很感慨地說。

其實，米粒倒真是一個真正缺乏安全感的人，她有明顯的防

備心，做事謹小慎微，在不熟悉的人面前很少表露自己的看法和觀點。前些日子，因為一場突如其來的情緒失控，她翻遍了所有的連絡人，卻找不到一個可以傾訴的對象，一生氣把幾百個連絡人刪得只剩十幾個了。

沒有安全感，對人就會缺乏真誠，始終留有餘地，也無法全心付出，對別人的靠近，會先以懷疑和防備示人。這樣的心態自然也難以換回別人對你的真誠，於是惡性循環，人與人之間的信任感會逐漸坍塌。

◆

時常有聽眾私訊問我：「曉希，女朋友總是不能信任我，我覺得很累，是我做得不夠好嗎，還是她根本就不愛我。」

我安慰他：「有時候，缺乏信任感與你無關，也許你已經夠好了，可是這個社會和你周圍的環境讓她缺少安全感，而恰好她也是一個容易被環境影響的人。」

這樣的對話，總讓我想起一個朋友，她和我名字同音，叫小西。小西是一個極度缺乏安全感的人，這可能與她的一次失敗的

戀愛有關。一次偶然的機會，她認識了現在的男朋友K。兩個人在網路上相識，互相加好友後，就開始了如火如荼的透過通訊軟體聊天。聊久生情，小西和K逐漸互生好感，兩個月後便開始了遠距離戀愛。

兩個人相距兩千公里，加上工作繁忙，見面並不容易。即便如此，K只要一有空，就會打電話、視訊或者傳訊息給小西，盡可能地陪伴她。一到下班時間，K的電話會準時響起，小西把東西收拾一下，便會天南地北地聊一路，小西到家後，電話換成語音或視訊，繼續直播各自的生活。除了上班的八小時外，小西幾乎知道K每一分鐘的時間用在哪裡。

偶爾，K也會有應酬，他總是很早就向小西報備，「老婆，今天有飯局，是幾個哥兒們，沒有女生，你放心。」、「老婆，今天公司聚餐，時間不長，回去打電話給妳。」……

K知道小西生性敏感，為避免不必要的誤會，每次外出聚會，他都會先請示，如果小西不開心，他也會無奈放棄。有時候和朋友吃完飯，他們要續攤唱歌，K總會拒絕，執意回家。哥兒們都說K是個怕老婆的人，K也只是笑笑。他知道遠距離的兩個人，信任感很重要，他必須在乎小西的感受。

偶爾，他們會抽時間見面，地點選擇二人中間的城市，既是見面，也是旅行。K對小西很好，見面的時候，處處照顧小西的情緒。小西只要有一點情緒的變化，K就會馬上哄她，逗她開心。

　　有一次，K到小西的城市看她，臨走前兩個人在車站難分難捨。小西催促K快點走，不要延誤了飛機，K抓著時間點總想多陪小西一會，時間一分一秒耗在「執手相看」的沉默裡。等K下定決心搭車離開的時候，已經誤了起飛時間，K在路上改了下一趟航班，到機場後，在等待登機的時間裡，K還是無法心平氣和地離開，想起小西離別時淚眼婆娑的模樣，他心一橫，拎起行李就準備離開候機廳。安檢人員阻攔他，可他還是執意要回到小西身邊。

　　有次，K到歐洲出差，忙碌之餘和小西聊天：「想我了嗎？」小西正因為惱人的時差，和男友沒有及時回訊息而情緒低落，加上她也出差，身體勞頓，就回了一句：「想了，不過想得很絕望。」K立刻傳了一堆訊息安慰她，安撫了半天依然無濟於事，到中午K又傳訊息來：「不要不高興了，買了小禮物送你，當作我不在妳身邊的補償，好嗎？不過，妳要把飯店地址告訴我，大概晚上十一

點多到。」

　　小西把地址傳過去，工作忙完，就在飯店裡等。靜下心來想想也覺得自己太鬧了，因為失控的情緒讓男友無法安心，本來出差事務多，行程又緊張，還要分心照顧她的感受，這樣想著心裡也覺得平靜了很多。

　　好不容易等到凌晨十二點，送禮物的敲門聲才出現。小西睏意十足地打開房門，一個熟悉的身影慢慢走近房間，一邊盯著她看，一邊微笑地伸出雙手，是Ｋ！小西驚訝地睜大眼睛，就像看一場大變真人的魔術表演。

　　這怎麼可能？小西滿腦子疑問，從歐洲到這裡，十幾個小時的飛行距離，中途還要轉機，怎麼可能在這麼短的時間裡趕過來，更何況中間他們也曾網路聊天。男友寵溺地摸著她的頭說：「傻瓜，不是怕妳太想我，又想到絕望嗎？我是訂了時間最近的班機過來的，從歐洲出發的時候就訂好了回國後的轉機，所以沒有中轉時間，而且飛機上有衛星信號啊。」

　　聽完男友的解釋，看著他有些憔悴的面容，小西有些慚愧，因為自己的情緒波動，讓男友一路奔波。男友輕輕擁著她說：「沒關係，我千里迢迢跑來見妳，就是想讓妳知道我愛妳，我可以放

下手頭的工作，可以付出更多的精力，也不在乎什麼財富，只是希望妳安心。」

第二天下午，男友又飛回了歐洲。匆匆來回，只是為了陪伴小西不足二十四個小時。臨分別的時候，小西在心裡對自己說，以後不可以太任性，應該對男友和他們之間的感情多一些信心。

◆

只是分別以後的日子，小西還是會不自覺地讓自己陷入到矛盾的情緒裡。她時常會為了一些小事鬧情緒。她能敏感地從男友的語氣裡感覺出他對過去的回憶，一些關於另外一個女生的回憶，這也會讓她耿耿於懷。儘管K一直解釋，一切都過去了，他現在心裡只有她。她會因為男友無意的疏忽而情緒低落，因為男友的一句無心之話而生氣沉默。

她有時候會難過地問我，是不是自己真的不夠好，不值得愛？為什麼一下子覺得男友對自己的愛堅定而純粹，一下子又覺得他給不了自己安全感。這樣的情緒反覆，讓她覺得很辛苦，也讓K覺得很累。

我告訴她，安全感是自己給的，任誰再好、再完美，也給不了你安全感，更何況這個世界沒有十全十美的人和感情。

　　小西對感情的不確定和缺乏安全感，在很多女孩子身上都有，只是表現的程度不同而已。

　　一方面，遠距離戀愛本身是不安全感的觸發因素，試想兩個相愛的人本身處於需要全情投入的熱戀期，恨不得天天黏在一起，卻被距離割裂開。一個擁抱就能解釋的小誤會，在電話裡都變成了爭吵的理由。很多瑣碎的、根本不值一提的小事，也許四目相對的時候根本不是問題，卻會被距離無限放大。

　　另一方面，小西生性過於敏感，男友的無心之話也會被她小心捕捉並放在心上，日積月累就會成為一種根深蒂固的想法，總有一天會成為彼此對抗的情緒。

　　無論在怎樣的感情裡，安全感都是自己給予的。**我們無法從周圍的環境或對方身上獲得安全感，能獲得的只是一瞬間的幸福感。**即便你覺得能獲得，也可能是假象或者並不長久。缺乏安全感，最主要的是缺乏信任，缺乏對對方、對自己，以及對這份感情的堅定。

　　想讓一段關係變得美好而長久，信任是根基。如果你相信

他，即便多次打電話給他他也不接，你也會告訴自己他一定在忙；如果你相信自己，對方一句無心的話也會被你忽略；如果你相信你們之間的感情，即便有前任、前前任，你也可以當這些插曲是調味品。

你發現了嗎？當你無條件相信一個人的時候，你的幸福指數會增加很多，哪怕是愚信。因為很多事情靠猜測得不到結果，反而會失去很多快樂。與其敏感多疑，在東想西想的過程裡浪費時間、浪費精力，不如暫且去相信，哪怕到最後發現自己被騙了，至少你沒有陷入那段過程。

這是一個缺乏安全感的時代，當很多人告訴你，誰誰誰又找了一個小三，告訴你誰誰誰又離婚了，告訴你在婚姻裡和誰在一起都一樣的時候，你該告訴自己，那都是別人的故事，還有很多人在踏踏實實地過自己的生活，即便眼前這個人到最後依然平淡，至少一起平淡的人是他而不是別人。

願我們，都能找到愛情裡的安全感。

無處可逃

你已經如此深刻地鑴刻進了我的身體和意志裡，在我的每一次心跳、每一次呼吸和每一次思考裡，堅定地存在。

思念所達之地，
目光所及之處，都是你

我說：「我在想你，你可以感覺到嗎？」

你說：「能，因為我也在想妳。」

我是在連續工作了七八個小時的時候，想起你的。我常常一工作起來就會忘記時間，你說：「妳看妳，真是一個獨立到可怕的女人，女人都這麼獨立，要男人有什麼用啊。」每次見面，你都會不厭其煩地說要按時吃飯，要早點回家。為了不讓你擔心，我會說：「知道啦。」你佯裝生氣，別總是答應得好，邊說，邊輕輕摟過我的腰，溫潤的氣息在耳邊吹拂，說：「以後，我一定不會讓我的女人這麼辛苦。」

我是在深冬夜晚走在回家路上，想起你的。每次和你走在大街上，你總會把我的手圈在掌心，放在你的上衣口袋裡。你的手那麼溫暖，隔絕這個冬天的所有冰冷。第一次因為冷而握住你的手時，我驚訝，你的手在冰天雪地裡怎麼也能這麼溫暖。你寵溺地笑：「我是妳的火爐啊。」你知道嗎？我的手腳一到冬天就會如冰一般徹寒，有時甚至會像凍透一般，寒至骨髓。我期待那雙可以溫暖我的手已經很久了，只是你怎麼現在才來呢。

　　我是在無意間撫平額前的瀏海時，想起你的。你總喜歡對著鏡子撥弄額前的頭髮。手指劃過額頭，小指微微翹起，看起來有些俏皮，又有些可愛。你對著鏡子裡的我說：「怎麼樣，是不是很帥。」我無語地轉過臉去，這個愛臭美的男人，已經見縫插針地把自己誇到喪盡天良的地步。你看著我無語的表情，笑出了聲。

　　我是在聽到一首好聽的歌曲時，想起你的。你會把一首自己情有獨鍾的歌無限單曲循環。我們在音樂裡說話，或者沉默。開車的時候，熟悉的旋律從耳機傳來，陪著我們聊天，陪著你回家。洗澡的時候，你打開音樂，音樂和著蓮蓬頭噴水的聲音，彷

彿那些水滴也會跳舞。工作的時候，你問我，放首歌不介意吧，我說當然不會。是啊，怎麼會介意呢，這個習慣已經陪我十多年了。而你，帶著你的音樂來到我身邊，多好，我的生活除了音樂，又多了一個你。

我是從一個荒涼的夢裡醒來時，想起你的。我喜歡窩在你的臂彎裡，雙手置在胸前，蜷縮雙腿，把頭深深埋起來。你的手臂一整晚都在我的脖頸下，填滿身體的空白。有時候，我仰起頭，你的鼻息輕輕拂過我的臉，熟悉的氣味讓人安眠。偶爾，因為工作，你先在床上等我，過幾分鐘就聽見聲音從隔壁房間傳來，「老婆，好了沒有啊」、「老婆，已經過了十分鐘了」、「老婆，再不來，我就睡著了」……熟睡後，我離開你的懷抱，翻身到床邊。你醒來後，總會用力地把我拉回你的懷裡，雙臂緊緊環繞著我，讓我的臉頰貼緊你的脖頸，直至無法呼吸。一整晚都能擁抱的感覺真好，兩個身體之間沒有距離的感覺，真好。

我是在一個人吃飯的時候，想起你的。一個人吃飯真的好無聊，等待的時間和吃飯的時間都長得無以打發。滑滑SNS，玩玩

遊戲，放下手機就不知道該如何是好。如果你在我身邊，一定會和我聊天，或者就這麼傻傻地相互對看著。

　　我不喜歡吃太多東西，可是你吃飯的樣子讓我很有食慾。你每次啃骨頭時都會說，好想把骨頭全部咬碎，說這話的時候，你的表情專注而且可愛，惹得我想捏捏你的臉。可是，每次和你吃飯，你都會不停地夾大塊的肉到我碗裡，讓我吃到很撐，再後悔吃太多，你卻說，妳要多吃，吃得白白胖胖的。我撇撇嘴，丟給你一個嫌棄的表情。

　　我是在逛街時看到某家滷味的招牌時，想起你的。你那麼喜歡吃他家的雞爪，為了買到它，跑遍大街小巷。最讓人生氣的是，回家的路上，你發現了這家店，沒等我反應過來，就把我和沒熄火的車留在馬路中央。來來往往的車按著喇叭，從我身邊繞過，我尷尬地低下頭。心裡不停地詛咒，詛咒交通警察一定要發現我，詛咒有一條交通規則是可以對停在馬路上的車罰款一萬塊，哼，看你是不是還會為了雞爪丟掉我。

　　不過，和你坐在房間的地毯上，毫無形象地啃著雞爪的時候，我又很開心，和你一起吃盡我們喜歡的食物時，應該是那件

最細碎卻又最心安的事吧。

　　我是在吃火鍋的時候，想起你的。好吧，我總在吃的時候想起你，究竟我們誰更像吃貨，我喜歡吃辣，你卻一點也吃不了辣。第一次一起吃很辣的火鍋，你逞強地說沒問題。結果，吃了沒幾口，就被辣得雙頰發紅，不停地呼氣。我疑惑地問很辣嗎，你疑惑地回答不辣嗎，然後兩個人笑作一團。我勸你不要吃了，你說你要習慣我的飲食，這樣，我們才能吃到一起。相愛，真的是願意為了對方改變自己，所有習慣都可以為他重新訂做。

　　其實，在很多的瞬間，我都會想起你。拍下風景的時候，會想起你在我的鏡頭裡笑得純粹的樣子；玩消消樂的時候，會想起我們在一起比賽誰玩得更好的場景；飛機從頭頂劃過的時候，會想起我在半夜機場裡孤獨的守候；想起你拉著行李箱走到我跟前時，伸出的雙手和重逢的微笑。我不經意聳起鼻子的時候，會想起這好像是你常做的表情。

　　原來，你已經如此深刻地鐫刻進了我的身體和意志裡，在我的每一次心跳、每一次呼吸和每一次思考裡，堅定地存在。

那麼，我又在想你了，你呢？

游離

我們一直都游離在自己的心之外，
任身邊再多浮華，也有不可避免的
悲涼。我們都缺少安全感，我們都
太驕傲。所以，我們注定孤獨。

" 一些溫暖的記憶 "

　　木棉花開的季節，我第一次見到她，沒有我想像中那麼憂鬱。

　　「影……」我試探地叫她。她看向我，眼神中透著冷傲。

　　「我是希。」簡單的介紹解釋了自己的唐突，她的眼中閃過驚喜，親暱地和我挽手、擁抱。影是我的聽眾，每晚我直播的時候，她總會在互動平臺上寫一些美好的文字。長時間電波裡的交流，讓我們第一次的相見沒有尷尬。她說我是她預想的模樣。我卻告訴她，她和我想像中的不同。

　　開始，以完美的方式。

◆

　　寫字是一種癮，回憶是一種病，而傷感則是終身不渝的殘

疾。她的骨子裡總有一些淒婉，因為一段悲痛的記憶。

影的丈夫是警察，在一次值勤任務中因一場交通事故離世，留下她和一個未滿兩歲的孩子樂樂。我要她把自己的心情寫出來，用文字埋葬曾經。所有的悲痛都該過去，妳要面對未來的人生。她猶豫。直到那個午後，她口述，我一字字把她不肯釋懷的過往敲進電腦。字寫完，兩個人都已經淚流成河。窗外，陽光媚得刺眼。

我把在節目當中播出她的故事，用她最喜歡的背景音樂。我答應她，在直播間裡一定不哭。可是，我食言了。那晚的節目，讓很多聽眾潸然淚下，互動平臺上的訊息如泉湧而至，都是滿滿的感動和祝福。有些冰冷的記憶是需要被暖化的，當一種情感被激起共鳴，溫暖的力量是磅礴的。我挑選了一些陽光勵志的留言讀給她，希望她的情感得到釋放之後，能變得快樂。

再一次看到她，她用「沒有聽節目」敷衍了我所有問題，直到安靜聊天的時候，她才告訴我，她聽完了我說的每一個字，手裡拿著關於自己的故事的手稿，流盡了這幾年來所有的眼淚。

「我和朋友在山上。」她打電話給我的時候，我正在吃晚飯。

我說：「妳喝酒了。」

她說：「只喝一點。」

我叫她下山來找我，她說晚點會帶樂樂來。

一個小時後，她捲著夜色進了門，微醺。「妳答應過我不再喝酒的。」迎著她的蹣跚，我責問她。她附在我耳邊，呼吸裡有酒精的氣味。她的唇停留在我的臉頰，有溫潤的熱度。她的表達，語無倫次。我輕撫著她：「影，我懂。」

她呢喃：「以後我們住在一起，帶著樂樂，看著他長大，不結婚，不要男人。」

我們一直都游離在自己的心之外，任身邊再多浮華，也有不可避免的悲涼。我們都缺少安全感，我們都太驕傲。所以，我們注定孤獨。

◆

我們說好一起去麗江，她說期待和我的出遊，我沒有告訴她我已經悄悄計畫好了所有的行程。再次見面的時候，我滿懷期待地準備和她分享我做好的攻略。她卻說要去呼倫貝爾草原，票是第三天的，一個人。最終，我選擇了沉默，依然選擇一個人去了

麗江，在鐵軌的碰撞裡夢了一夜。

　　她打來電話問為什麼不告訴她我的行程，我說妳的行程裡也沒有我。她在電話裡哭，說擔心我一個人，說想飛來和我一起。我阻止了。路是自己選擇的，應該給自己一個圓滿。

　　我們都太倔強，我們都不能好好地考慮到對方。也許，我們需要的只是一場溫暖，無關永遠。

　　我喜歡影最初的真誠。後來，我知道我們都不再真誠。游離、敏感、偏執，我們都細膩得讓對方和自己悲傷。我預言了一場分離，就像看到一場盛大的煙火表演，瞬間凋零，沒有謝幕。

　　漸漸的，我很少再去關注她的字，她也很少聽我的節目。我們相識的兩個理由都不復存在。我想起了在盛夏光年裡，一個男孩子在沙灘上玩耍。累了，便趴在沙灘上睡去，暖暖的太陽暈染了夢的光澤。男孩子乘船遠行，邂逅了一段時光。醒來後，卻是夢一場。

　　也許，一切對影、對我，都是一次有關木棉花的幻影。美麗、炫紅，卻最終傾覆。

◆

　　我沒有和人相處的能力，是一個不易靠近的人，相處的距離在固守的防線之外，都可以安好。一旦走近，就變得措手不及。也許，我們都懼怕了傷害。

　　我時常會想，若干年後，在狹小的城市相遇，妳的眼角會不會掠過一絲曾經的溫暖，還是會驕傲地離開，正如我們骨子裡的驕傲和尊嚴。或者我們會尷尬一笑，釋懷那些年不曾成熟的情感。

　　生活是一場關於時間的杜撰。古人結繩，今人依然，一個結一個時間，過往便如歲月中的死扣，解不開，理還亂。**有些人，在你的生命裡出現，只為了陪你走一段，幫助你理解一個道理。**

　　或許遺忘，真的是最好的歸宿。

平淡

婚姻到最後，比的不是愛情，而是
信任、是寬容、是強大的習慣和彼
此的交融。

婚姻最真實的模樣

不記得從哪裡看到過一段話:「所有的感情都會從熱烈走向平淡,因為所有的感情最終都會和生活交織重疊,也會和彼此的生命融為一體。」作者講述了一個男人為了小三拋妻棄子後,卻被小三拋棄的故事,故事中這段話用黑色加粗。

她把文章的連結傳給喬,並且留下了一段話:如果以後你愛上別人,你們也注定會從熱烈走向平淡。那麼,我們說好,不離開,不放棄。

喬幾分鐘後回覆她:好,不離開,不放棄。

沒有人會理解她的患得患失。她是一個有過一次失敗婚姻的人。在這個離婚率極高的國度,這並不是一個值得津津樂道的話題。離婚帶給她最大的傷害,或許不是離婚本身和由此帶來的各

種現實問題，而是那種挫敗感以及自信心的坍塌。

　　她曾經在離婚後的每一個深夜輾轉反側，疼痛難忍。不斷地責問自己，是不是自己哪裡做得不夠好，才導致他們走到如今田地。她質疑自己糟糕的性格和難以相處的脾氣，質疑所有婚姻存在的本質和意義。

　　她曾在深寂的夜裡，打電話給喬，說起自己耗費了最好的青春擁有又失去的一段感情，說起自己前半生的失敗和如今的一無所有。她說，**當一段感情畫上句號的時候，才發現，那些曾耗盡力氣拚命想要擁有的，那些你為了幸福努力露出的微笑，不過都是為了走向最後的終結，這是一種多麼絕望的領悟。**

　　喬在電話那頭溫柔安慰道，誰說現在的結束不是為了更好的以後呢？至少，我會一直陪著你，不會再讓你受到傷害。

　　世界上最溫柔的陪伴，就是在你身處低谷時依然不離不棄，願意聽你瑣碎的傾訴，願意給你的眼淚無底的包容。喬給了她太多這樣的溫暖。可是，很多情侶可以一起抵禦外界的傷害，卻很難給彼此寬容。

她曾經真切地告訴喬，所有的感情都會歸於平淡，所有的人都經不起誘惑，這是一個太過浮躁的時代。她擔心喬不能愛她終老，擔心他們終會重蹈覆轍，她在愛情裡患得患失。喬卻說：「我不知道其他人的愛情是怎樣的，如果全天下的感情最後都會平淡如水，我希望和你創造奇蹟。」

　　可是，她悲哀的發現，她無法再相信這個世界上有從一而終的人和愛情。她一遍一遍地用尖利的語言刺激喬，無節制地考驗喬的耐心。她想，你不是說會包容我的一切壞脾氣嗎？你不是說會任由我胡鬧最終都會緊緊拉住我不離不棄嗎？你不是說會愛我一輩子嗎？那麼，你該能夠承擔和包容這一切吧？

　　當喬為此表現出不堪重負的時候，她清晰地知道，自己在親手撕扯他們的感情。她也知道，沒有哪個人可以容忍到無節制的地步。可是，她依舊不依不饒，她想知道這個男人因為愛自己能承擔的底線究竟在哪裡。而一旦喬想要放棄，她的絕望感就瞬間狂湧。於是，她會更加篤定，愛情果然是一個不可靠的東西。

　　在這種情感怪相裡，他們都疲累得無以復加。

愛情究竟是什麼？而婚姻最本質的模樣又是什麼？或許大多戀愛中的人和走向婚姻的人都不知道。每個人樂此不疲，前赴後繼，卻只是被某一種情愫或者感覺牽引。就像我們大多時候都不會思考自己從哪裡來，要到哪裡去。如果愛情可以跟著感覺走，婚姻卻無法再以感覺論成敗。

　　婚姻到最後，比的不是愛情，而是信任、是寬容、是強大的習慣和彼此的交融。信任彼此，給予雙方寬容，習慣有對方的生活，讓彼此在精神和時間中交融滲透，這才是婚姻應該有的模樣。

　　因為並不清楚婚姻固有的模樣，不清楚自己想要的生活，帶著過於美好的期待走進婚姻，就會處處碰壁。人性中本有對習以為常的事物變得粗心和不在意，對感官有極大刺激的事物記憶猶新的特質，數十年如一日的瑣碎生活，僅靠著美好願望和多巴胺左右的愛情來維繫，確實很難持久。

◆

　　好的婚姻都有「刻意」的成分。刻意地討好，刻意地認錯，刻意地經營。你可能會說，刻意的成分太濃，哪裡還有真正的

感情。而事實上，只要你沒有心有他屬，刻意會大大的為愛情保鮮。一方面它耗費了你很多心思在對方身上，所謂心思用在哪裡，效果就會出現在哪裡。另一方面，明知雙方有錯，有意讓步，也能夠好好地化解每一次爭吵，你知道的，無休止地爭吵，對感情是極大的傷害。

當你明白很多事情是人性使然，看清婚姻的真實模樣，明白兩人的相處不能只是跟著感覺順其自然。用心思去經營，你在愛情和婚姻裡才有遊刃有餘的姿態。

同樣，無論你的生活裡出現了多麼讓你與眾不同的感覺，也不要任由它肆虐，直至破壞自己的婚姻，因為，你最終也會發現，如果依然只是抱著美好的幻想尋找婚姻，你會一敗塗地，因為婚姻到最後大抵相同。

別離

我一直以為外婆沒那麼快去另一
個世界，因為我們都一起熬過了寒
冬，可誰知她卻選擇了在這個春暖
花開的時節離開。

"那個最疼愛我的人"

外婆終究走了。

電話聲不斷響起的時候，我正在教室裡看著教授在講臺上手舞足蹈。匆匆地請了假，在極短的時間裡買了車票，是晚上十點鐘的火車。夜，黑得讓我發慌。

外婆是我生命裡一道淺淺淡淡的痕，有些疼，還有些澀。我第一篇像樣的文字，是寫給外婆的信，那封信被爸爸稱讚了很久。小時候，有一次媽媽問我在我心裡誰最重要，我說是外婆。為此，媽媽傷心了很長一段時間。那個時候，沒有顧慮，只有感受。

外婆是我童年記憶的見證，很多記憶之外的故事都是被外婆拼湊起來的。在外婆那裡，我撿回了很多流失的日子。

在火車的巨大聲響裡顛簸了一夜，我感覺時而清醒，時而模糊。車窗外漆黑一片，我極力睜大眼睛想要看清什麼，卻是枉然。

回到家裡，外婆已經入殮，我始終沒有再見外婆一面。拜祭完之後，我輕輕撫著漆黑的棺木，淚水就這樣掉了下來，我以為我可以不哭……

夜晚，陪著外婆在靈堂裡坐臥了一宿。我突然幻想，外婆在另一個世界可以和我感應，我想問問她走的時候是不是很痛苦，我也想問問她，遠方的另一座城裡她會不會寂寞。

外婆是一個淒苦的女子，辛勤操勞了一輩子。外公在很早的時候就過世了，她一個人帶大了兒女，又帶大了孫輩。可是晚年卻變得偏執，和所有人對立，彷若要拋棄整個世界，被她帶大的子孫都因不堪忍受而遠離。當一個人活在自己的天地裡時，該是多冷淒，所有的朋友和敵人都是自己。

◆

每天都在忙碌，迎來送往，疲乏得我整個臉都開始浮腫了。

我突然就開始憤怒起來，不知道這樣的疲於奔命對人生有什麼意義。在生命的表象裡，有多少成分是給自己的，也許人的一生，都是在為他人而活，死後也不能倖免。

三月的夜，依然很冷。我一直以為外婆沒那麼快去另一個世界，因為我們都一起熬過了寒冬，可誰知她卻選擇了在這個春暖花開的時節離開。究竟，生命的季節是以怎樣的節奏輪迴。

坐在火堆旁，我的身後是漆黑的夜，木柴燃燒的辛辣味道在清冷的夜色裡黏結成愁，有重重的窒息感。媽媽依然在遠處操勞，我卻再沒有力氣去幫忙。我突然感覺到自己的卑微，在這個夜裡，我該以一種怎樣的方式葬去……

送走外婆的清晨，雨絲紛飛，連綿不絕。我手裡緊緊握著一根白燭，路上泥濘不堪。我想讓自己握住更多屬於外婆的東西，我甚至想扶住棺木一起前行。可是，我什麼都做不了。

外婆被抬進了土井，周圍的人開始鏟土覆蓋，我再一次淚流滿面。這薄薄的一層土隔開了兩個世界，成了我永遠無法企及的地方，也成了我永生的念想。

遠處，群山繚繞，一片迷茫。

我跟表妹說：「你看，外婆的家好漂亮，她住在裡面一定會舒適的。」表妹拂去我的淚，輕輕地點了點頭。

是的，我一直努力讓自己學會看透生老病死，明瞭人間滄桑。然而，我始終要在人世情仇中跌跌撞撞，我已經讓自己不去悲天搶地，我已經開始顧忌和控制，可是，我依舊悲傷。

希望外婆，這個一生悲苦的女子，可以安在天堂。

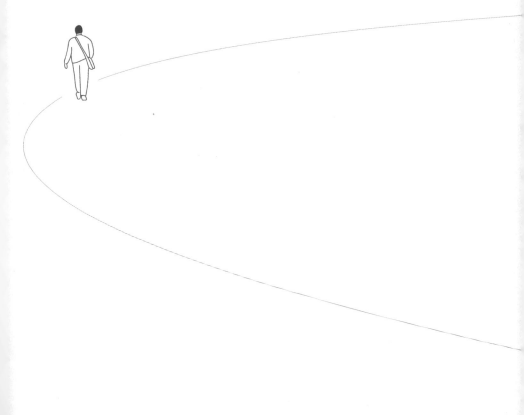

篤定

時光更迭,每一個人都用豐富的積
累和篤定的內心讓自己變得越來越
美。

十年，
你是否成為更好的自己

　　你是否還能記起十年前，你在哪裡，做著什麼，和誰在一起，過著怎樣的生活？

　　嘉璐突然想起這個問題，是在一個清晨。和煦的陽光從窗簾的隙間穿過，觸碰到她的眼睫，有溫柔的妥貼。她輕輕起身，下床，簡單盥洗後，開始準備早點。嘉璐知道，過一會，司鐸會起床，經過廚房的時候給她一個早安吻，然後叫醒一雙兒女，和他們一起圍坐在餐廳，分享她的愛心早餐。她知道司鐸會溫柔地跟孩子說笑，並送他們去幼稚園，送她上班。這本是和之前數千個日夜沒有差別的一個早晨，可是，嘉璐卻覺得格外溫情，可能是今天的陽光特別煦暖，也可能是今天的心情格外好。

幸福很多時候都是在一個不經意的瞬間被體悟到的。

　　嘉璐向我描述這個場景的時候，一臉幸福的模樣。眼睛清澈透亮，如同沒有經過世事的紛擾。任誰在第一眼看到這雙眼睛都不會想到，十年前，她也曾步履維艱，差點放棄自己。

◆

　　嘉璐是我最好的朋友，國二的時候我從另外一個城市搬回老家，就住在她家隔壁。雖然成長軌跡不同，可是我們卻一直都是彼此精神上最好的陪伴。

　　嘉璐曾經有一個男朋友，叫劉星。大學最清澈懵懂的時期，她被這個執著熱烈的男孩子苦苦追求了一年。其實，劉星不是嘉璐喜歡的類型，沒有健壯的身材，成績也不夠出類拔萃。嘉璐卻是被公認的系花，不僅外表出眾，還是典型的資優生。

　　劉星為了追求嘉璐可以說是用盡了心思。那個時候，手機在大學校園裡並不常見。劉星用兩個月的生活費買了一部諾基亞手機給嘉璐，自己卻一日三餐吃饅頭度日。半夜為了買宵夜給嘉璐，翻過高高的柵欄，摔傷了腳踝。打著石膏一拐一拐地，仍然堅定地出現在嘉璐需要的每一個場合。時間長了，室友都看不下

去了，勸嘉璐接受劉星：這樣的男孩太難得了，和他在一起你什麼都不用操心。

　　或許是被劉星的鍥而不捨感動，或許是被室友說服，嘉璐在劉星第N次隆重的表白下，接受了他遞過來的玫瑰。我一直記得嘉璐在答應劉星的那天打電話給我說，感情可以慢慢培養，碰見一個如此拚命愛自己的人卻太難得。

　　事實上，在後來兩個人三年多的戀愛裡，劉星確實把嘉璐寵成了公主。畢業後，嘉璐的父母強烈要求她回家鄉當一名高中老師。而劉星卻選擇留在都市。兩個人分開的時候，劉星曾信誓旦旦，給他三年時間，賺夠了錢，就風風光光把嘉璐娶進門。

　　或許大學的愛情太過純淨，如同剛出生時沒有呼吸過塵世氣息的嬰兒，離開母體，在滿是細菌的環境中，缺乏抵抗力。他們的遠距離戀愛只持續了半年，就以劉星跟嘉璐說愛上了別人而分手告終。

　　那個夜晚，嘉璐不顧父母的反對，在大雨裡叫了一輛計程車一路開到劉星在的城市。凌晨三點，當她渾身濕透，敲開劉星的宿舍門時，那個女孩披著睡衣冷眼看著她，像看著一個失敗者。

她被這樣的眼神和劉星冷漠的表情深深刺痛，她不明白，那個對他噓寒問暖，呵護備至的男人怎麼可以對她如此冷漠，她不相信那個說盡天下甜言蜜語的男人怎麼可以將「請妳離開」說得如此淡然。

　　她離開，在院子中央的一棵大樹下，蹲下來。她或許還心存期待，那個男人會念及一些舊情，跑出來找她，請求她原諒。她甚至以為他一定是有什麼難言的苦衷，才會這麼絕情。可是，直到大雨漸停，東方發白，他也不曾出現。

　　這之後，她整整一個禮拜沒有去上班，也沒有請假，把自己關在房間裡，終日不開燈。一個星期後，她打開房門，頭髮蓬亂地出現在父母面前，說了一句，我要吃飯。母親慌忙跑去為她做吃的，邊做邊掉眼淚。

　　後來，嘉璐在跟我說起這一個星期的心路歷程時說，她其實想過很多次放棄自己的生命，也偷偷地把一堆亂七八糟的藥吞進肚子裡。可當第二天的太陽照常升起的時候，她發現自己竟然還活著，突然覺得很感恩。那一年她二十二歲。

忘記的過程是艱難的，在不斷地反覆裡，她忽而振奮，忽而頹廢，忽而覺得忘記了，忽而又陷入其中。狀態好的時候，她徹夜看書，持續運動，到處旅行。也曾在低潮期不停地將各種食物吞進肚子裡，然後再瘋狂地吐掉。

◆

真正從這段情感裡走出來，是在遇見司鐸之後。這個陽光帥氣的男人，符合她對另一半的所有想像。司鐸給予她的愛與劉星不同，是理性而溫和的，沒有強烈地想要寵著她，沒有明目張膽的獨占慾，像春風，像細雨。

他追求她的方式，也不是傾盡所有去付出，而是有節制地陪伴，他陪她一起去圖書館，健身，聽音樂會。他們因為一本書而討論，因為一個觀點而爭執，司鐸從來不會過分地謙讓嘉璐，但是卻總是能給嘉璐新的想法。那一年，嘉璐和劉星分手三年。

在司鐸的陪伴下，她緩緩打開心扉，調整心態，將更多心思放在工作和自己身上。他們一起旅行，看不同的風景，司鐸用五年的時間帶她走了許多地方。司鐸對事物積極正面的看法給了嘉璐很大的改變，她漸漸也能用平和的心態看待她和劉星的感情。

或許她和劉星之間愛的成分本身太少，感動不能代替愛，而劉星的離開，或許是成長階段他對自己感情的重新認識和定位。在新的環境裡，他更希望另外一個人給他安慰。她逐漸意識到，自己在前一段感情裡也不是沒有問題的，有些恃寵而驕，任性，脾氣急躁，面對劉星的付出也認為理所應當。她逐漸明白，遇到好的愛情，一定要變成一個更好的自己。

◆

　　在嘉璐二十八歲的時候，她和司鐸結婚了。婚禮前一天深夜，她收到一條匿名簡訊。簡訊裡滿是對她的思念和分開多年的懷悔，她知道是劉星。她聽說這幾年劉星過得也不是很好，工作沒什麼起色，女友也換了幾任。可是，她沒有任何幸災樂禍和報復的快感，她只是平靜地刪掉簡訊，安然入睡。

　　如今，婚後四年，嘉璐和司鐸的感情依然如故，平和溫婉，細水長流。他們有了一雙健康可愛的兒女，一家四口其樂融融。偶爾跟我說起過往，嘉璐也能坦然面對。她現在唯一後悔的事就是曾經為了一個人傷害自己，以至於有了慢性胃炎。

　　她說，時間在每個人的身上產生了不可估計的改變，從外在

到內裡，從形象到精神。你發現，那些為了抵抗悲傷而閱讀過的大量的書籍，成了讓你有更多想法的途徑；那些為了忘卻回憶走過的路，讓你明白外面的世界很精彩，你該有更好的模樣和心態；那些讓你傷心難過甚至絕望的人，成就了你如今的優雅，平和，讓你的內心變得愈加強大。

無論你是否看到，你肯定在某個方面成為更好的自己。比如，十年前，你一個人吃一個人住，生病了沒人照顧，摔倒了自己爬起來，受傷了自己擦拭傷口；十年後，你有一個始終如初疼愛你的老公，有一個無比可愛的女兒。十年前，你處在生活窘迫、壓力巨大，看不到希望，幾度憂鬱的畢業初期；十年後，你有了穩定的收入，逐漸進入公司核心，有了對未來更好的期待。

我相信，時光更迭，每一個人都用豐富的累積和篤定的內心讓自己變得越來越美。

不懼時光，笑面未來。

代價

歲月剝蝕之後的情感噴張究竟是愛
情還是激情，她不明瞭。陷入，卻
是一場劫。在衝鋒陷陣的愛情裡，
血流成河，所有人都不動聲色。

> **她願意這樣沉默地去愛，**
> **直至衰老**

　　她深深地陷進沙發裡，想念一些流離失所，一些若近似遠。偶爾，望向左側，她看到緊閉的房門在午夜落寞得如同垂頭散髮的女子，心在倏忽間變得淒冷。

　　也許那個時候，他也是這般望著不曾開啟的門扉痴盼守望，如今相同的劇情卻換了角色。這個世界，公平得讓人害怕。

　　門鎖旋動，聲音在寂靜裡刺中心上的痂，痛變得慌不擇路。她慌亂地抹去眼角的淚，閉上雙眼。她聽著他換鞋、洗手，帶著難聞的酒氣走向她，有濕熱的氣息浮在她的臉上，她微微側過臉去。拖逐的腳步逐漸遠離，她的心也漸漸沉下去，沉至深淵。

　　夜緩緩恢復了平靜，最後，波瀾不驚。

曾經，這個男子溫柔如水，簡單明媚，她在他的手心裡安靜如花。她想起了他好看白潔的牙齒，耀在清朗的陽光裡，她想起一起牽手的幸福是最簡單卻安心的畫面。

　　美好，就這樣散落在回憶裡，淺淡、柔軟。她擁有了他，後來卻弄丟了他。

◆

　　在生活黯淡的時候，她義無反顧地站在另一個男子身邊，觀望一場愛情的對弈。她以為，愛情該是不斷探索的完美。她渴望自由，渴望飛翔，渴望激烈的愛和被愛，像是尋找一段失散的愛情，她跌跌撞撞、步履蹣跚，卻堅持前行。執拗是一張網，她在這張網裡作繭自縛，自戀、追尋、幻滅，她終是在絲網的禁錮裡沉淪。

　　只是，歲月剝蝕之後的情感噴張究竟是愛情還是激情，她不明瞭。陷入，卻是一場劫。在衝鋒陷陣的愛情裡，血流成河，所有人都不動聲色。

　　那個黃昏飄起了細微的雨，雨滴沒入這個骯髒的世界，濺起一地荒涼。她看到他遍體鱗傷，像一個受傷的孩子，想要尋求保

護，卻無處可依。她記得他有力的十指捏疼了她的肩膀，她記得他瞳仁裡的哀傷，她記得他用低沉到絕望的聲音問她為什麼，她在他的脆弱裡顫抖、恐慌。她終於開始擔心，擔心失去。

那個瞬間，七百個日夜像底片一般匆匆退回，退回到純淨的往事裡，她還是那個她，而他亦是那個他。沒有叛逆，沒有傷害，她在這個男子心痛的眼眸裡讀懂了兩個字，兩個讓她一直否決和辯駁的字：背叛。

◆

他終歸是原諒了她，用他一直以來的寬容。

那個黑夜，她疲憊得睡去了。夢裡，是一個擁擠的月臺，她在人潮中找他。她發瘋般撥開簇擁的人群，卻看到他靜靜地坐在車廂裡，冷冷觀望。列車開動的時候，他揮手告別，缺失了表情。四目相對的那一刻，她的心一驚，睜開了眼，卻在一個瞬間看到了他的眼神，他就那樣在她對面側身而臥，月光從窗戶照進來，打在他沒有絲毫生氣的面容上，她看到他的表情陌生而清冷，她的心微微一顫。這個夜晚，他一直不眠，他一直這樣看著她。

她突然明白，有些痕跡是永遠都抹不掉的。沉默，並不代表

遺忘。他與她，即使近到沒有距離，也會在罅隙裡潛伏一個浮凸的形影，等待一點空氣，然後膨脹。

◆

她倏忽變得蒼老了。慢慢淡出一些人事和糾纏，如同卸了妝容的戲子，粗糙的眉眼胭脂殘留。她慢慢習慣了守候，習慣他回來之後微醺的酒氣，習慣了黑燈之後各自入眠，身體之間留有大片空白。她明瞭這一切都是因果，她教會了一個男人如何成熟、冷漠，她也因此必須學會和這些冷漠相處。

只是，**他一直都不知道她依然愛他，死而復甦的愛，青澀，自卑，連聲張都顯得奢侈。她願意這樣沉默地去愛，直至衰老。**她知道總有些代價是需要自己承擔的，她需要為自己的行為買單，即使以後她再也無法得到他的愛，她因此逐漸荒蕪的身體和感情，也該低眉而過。

夜，未央。她深深地吸了口氣，冬天就這樣裝進整個心裡。

座標 26

交集

> 我們是兩個世界的人，可是我們卻
> 有了頻繁的交集。所有人都詫異，
> 安於一個人過日子的我們，會那麼
> 篤定地想要在一起生活。

" 我已經留下了，你還要走多遠 "

　　再次見到藍，已經是三年以後的事了，我們約在星巴克見面。我特意施了淡妝，穿了一件粉色長裙，長髮在腦後挽成一個蓬鬆的髮髻。臨出門前，看到鏡子裡的自己，發現三年的時光，鏡中的人已然改變了很多，少了很多青澀和隨性，多了些許端莊和內斂。那麼他呢，三年後的藍是否還是那個一塵不染、中規中矩的少年呢？

　　一進門廳，我就看到了那張熟悉的臉，皮膚黑了許多，只是比三年前更加堅毅。想來，這些年的行走讓他的外表烙上了更多風霜的印記。藍靠窗而坐，目不轉睛地盯著桌上的筆電，身體鬆散地斜倚在沙發後背。他嘴角上揚，似乎在看著什麼讓他開心的事情。手臂搭在沙發扶手上，手腕間是一個有著民族特色的鏈

子。這個男子的一切，和三年前離開的時候已經判若兩個人。

樣貌、衣著，包括隨身的攜帶物和飾品，都很容易看出奔波和行走的痕跡。

我輕輕走過去，在他前面的沙發上坐下來，沒有言語，只是安靜地看著他。藍似乎感覺到自己的專注被什麼人打擾了，抬眼就看到了我。我看出他滿眼的驚訝，接著卻是笑出聲的開懷。我也笑，嘴角牽動。兩個三年來沒有任何聯繫的人，就這樣相對無言，唯有深達內心的注視和微笑，似乎已足以表達出一切關於「你好嗎」、「我還好」的問候。

◆

我是這間星巴克身後二十四樓高的辦公大樓裡的上班族。每天過著朝九晚五的生活，衣著得體地淹沒在這個城市最擁擠的人群裡。

和與每一個擦身而過的上班族一樣忙碌又充實，略微不同的是，我比他們更多了一份從容。這份從容來自很多年前對自由的擁有。

一個曾經在別人豔羨的生活狀態裡活過的人，自然更懂得目

前的這份安穩和踏實是自由所不能替代的。**大多時候，我們並不是討厭自己的生活，不是討厭循規蹈矩，不是討厭高牆林立的城市森林，我們只是對另外一種生活有所渴盼卻無力達成。**

三年前，我還是一個背上行囊說走就走的人。家裡的背包裡始終放置著完善的出遊物品，用來保證短暫的休息後，可以隨時離開。那個時候，我總是束起一個高高的馬尾，身著樸素寬鬆的棉麻衣服，帶一副大而圓的銀色耳環，手腕、脖頸和指間是各種顏色、各種款式的民族特色的首飾，看起來隨性而不羈。

眾閨密說我是個規劃性很強的人，其實不然。年輕的時候，我談過很多戀愛，雖然那些姓名如車輪碾過的塵土一樣早已消散成雲煙了。這些不以結婚為目的的戀愛，按某種說法，是我一直都在耍賴。只是，我並不是特意要這麼做的。

我一直處在一種奔波的狀態，住青旅的日子比在家裡多，買車票的時刻比買化妝品多。四年的時光，我一直在不同的國度裡穿行。每天都做一樣的夢，夢裡永遠都是一片灰色的背景和一個孤獨的人。

行走在路上的情感，或許是真愛，卻難以承受時間和空間的考驗。步行的速度太快，相聚和離開都過於匆忙。大家都很現

實，誰認真誰就輸了。

　　每一張臉都是打開一個世界的鑰匙，在一段漫長的歲月裡，我學著認識世界。

◆

　　我和藍認識在三年前那場去往西藏的旅途上。臨近過年的這個車次人少得可憐。我在車廂的這頭，他在車廂那頭。我們總是保持著相同的姿勢坐在靠走道的座位上，目光在車窗外的風景處顛簸。偶爾四目相對即散開。

　　有時，他會從背包裡拿出筆記型電腦，敲打一些字，我猜應該是在記錄一些什麼吧。他穿著寬鬆的牛仔褲，褲管已經被磨白了，土黃色的夾克衫裡是一件白色乾淨的襯衫，皮鞋擦得一塵不染。感覺是一個上班族或者公務員，有著謹慎的言行和得體的談吐。我能想像他提著公事包匆匆趕路的模樣。

　　我一直在這漫長的旅程中幻聽幻覺。凌晨三點，我再次爬起來，坐在走道旁的小椅上，窗簾在搖擺中透出皎潔的光亮，我看到車廂那頭他也保持著相同的姿勢。

　　後來我們自然而然地坐在了一起，偶爾低聲聊天。大部分時

候，都在凝視著車窗外高原清涼的夜。

後來在拉薩的日子裡，我們一起去大昭寺頂禮，一起去瑪姬阿米喝奶茶，一起到林芝看風景。藍說，這是他第二次到拉薩。

第一次他到火車站附近辦事，事情辦完抬頭看了一下灰濛濛的太陽，對藍天無來由的渴望讓他一衝動，就踏上了開往拉薩的列車。剛到拉薩車站，電話從公司打來，是無以推卸的工作。他不得不在售票廳買了返程票。於是第一次拉薩之行，他只在火車站外曬了十分鐘的太陽。他說，他是某企業的員工，薪水不低。可是，被圈在城市高樓裡的五年裡一直在渴盼自由。他希望這次會是一種改變，一種新的開始。

而彼時，我已經以漂泊的狀態活過了四年，我總是對自己說，如果有一天，我不想再走了，那麼西藏會是我行走的終點。這一年，我突然想要穩定下來，因為一切心心念念的東西變得唾手可得後，都會讓我失了興致。

◆

在父母的催促下，我在拉薩停留一個月後準備返回。臨行之前，和藍在黃昏時分等候布達拉宮的夜景。直到華燈初上，四

周漸黑，深宮之內的燈光點點亮起，在黑色天幕下，愈加雄宏偉岸。高原的星空璀璨而明亮，我們在星光下聊天，關於旅行，關於生活，關於夢想。

後來，在一年的除夕夜，藍打電話給我，說他在珠峰大本營，在離天空最近的地方，跟我說「新年快樂」。

我問：「你是不是看到了前半輩子加起來都沒那麼多的星星。」

他說：「是啊，這裡的夜空太美了。」

那一年，他辭去了高薪的工作，告別了熟悉的環境和穩定的生活。

那一年，我開始想要有個家。

人漂泊久了，都會累吧。從拉薩回來，我做了兩個決定：新的一年找一個工作，找一個男人。我對自己說，這一年，如果不能結婚，那麼以後都不會再考慮這件事了。這個「規劃」的結果是，在這一年的 12 月 30 日，我如願以償。

與其說是一見鍾情，更不如說是在諸多的經歷後早已具備了一種能力——在人群中一眼就將你所需要的東西分辨出來。

一切都是恰好的模樣。我們是兩個世界的人，可是我們卻有了頻繁的交集。所有人都詫異，安於一個人過日子的我們，會那

麼篤定地想要在一起生活。

那一年，我們已不年輕，不再相信童話。

◆

窗外的陽光和煦得剛剛好。我問藍：「你在看什麼？」他轉過筆電給我看一段他在清邁給孩子上課的影片，他們在院子裡奔跑、跳躍，孩子的臉上寫滿了明媚。他穿著隨意，是當地人的風格，一雙白色球鞋有青春的青澀。

「這是我最開心的一段時光。」藍說。

我微笑點頭，美好寫在每一幀閃過的畫面上。

「這三年，你後悔過嗎？」我問他。

「後悔？為什麼要後悔？」他笑著說，「走得越遠，越覺得世界之大，無法回頭。」

「終會累的。」我輕輕地說，沒有看他的眼睛。

藍沒有說話，他合上筆電，許久才緩緩吐出幾個字：「也許吧。」

藍說起這三年裡，他走遍了南亞和東南亞，在印度瑞詩凱詩瑜伽學院學習瑜伽和佛理；在泰國拜縣的一所小學裡當老師，泰

國曼谷爆炸的時候，他正在四面佛附近吃晚餐。對於一個曾經以行走為生存目的的人來說，我能聽出這些美好邂逅的另一面，是一個人行走的孤獨，是衣食來源的焦慮，是脫離世事的茫然。

我說：「累了，就停下來，好好找個家。」

藍眼睛裡有東西灰暗下去，「如果，能有一個人和我一起四海為家，即使再累，也可以一直走下去。」他頓了頓，「我一直以為妳會是那個人。」他轉眼看到我左手無名指的戒指，繼續說，「現在看來，是不可能了。」

我笑笑，「你沒發現嗎？我們是兩條交會的線，在西藏的那年，是我們的交點，之前我一直在漂泊，而你一直渴望漂泊，於是我們才會在拉薩相遇。之後，我渴望安定，而你卻棄絕了安定，所以我們只會漸行漸遠。」

「這樣安定的生活，是無法圈住妳的，妳遲早會厭倦。」藍篤定地看著我。

我笑笑，「要不然，我帶你去我的工作環境看看，你也回憶一下你曾經的生活。」藍有些遲疑，隨後還是跟我出了門。

出門沿著街道直行了一段，右轉就到了我工作的辦公大樓。我一路說這裡比起三年前改變很多。途經一家咖啡廳，告訴他這

是我每天中午都會午休的地方，而路口的那家婚紗攝影店是我拍婚紗照的地方。

電梯直行到頂層，週末的辦公樓很安靜，我指給他看我的格子間，桌子上放著我的水杯和結婚照，還有一些零星的瑣物。我沖了兩杯咖啡，一杯遞給他。兩個人並排站在落地窗前，這裡是二十四樓，有著這個城市最好的視角。

我說：「走了很多地方，才發現這個城市是最美的。不是因為風景有多好，而是她最容易讓人惦念，令人不捨。我們終究不是一個簡單的行走體，每一個承載我們情感的瞬間都有著不能承受之重。」

藍抿了一口咖啡，眼睛看向遠方。

「我每天最喜歡做的事情就是在休息的時候，站在這裡，看看遠方，想像那些山高水長的地方是否有我的念想。可是我發現，我越來越安於這裡的一切，包括擁擠的車流，包括遭人嫌棄的髒空氣。」

「你和他還好吧？」藍轉過頭問我。

「我們從來沒有認為在一起就是一對，依舊是兩個獨立的個體。有適當的交集，更保持個體的獨立；有各自的目標，也會參

考對方的意見；有愛人的親暱，也有朋友的坦誠。」

「你問我會不會厭倦，其實每個人都是一部作品，你一邊欣賞，我一邊創作，沒有結束也便沒有厭倦。在白天黑夜中流淌的每一天，互相尊重和信任，彼此珍惜和珍重，三年就會飛一般流逝。這就是我想要的歸宿。」

藍點點頭，再次看向遠方，我們還是那麼習慣看向窗外的世界，一如在那年開往拉薩的列車上。

◆

臨走時，藍看到了我桌子上的筆電，遲疑了一下說：「這個筆電可以借我嗎？明天你上班前，我會在樓下還給妳。」藍笑笑，說：「明天上午十點我會離開這裡，去哈薩克。早上八點半，我在樓下等妳。」

第二天，藍準時等在辦公大樓大廳。他換上了衝鋒衣和牛仔褲，背著我第一次見他時背的旅行包。正是上班時間，大廳裡人來人往，人聲嘈雜。我穿著一身套裝走到他跟前，他看了我好半天，然後把筆電還給我，我開玩笑說：「是不是偷安裝了什麼監控軟體啊。」他沒有接話，臨走的時候，他說：「妳穿套裝確實很好

看，或許妳是對的，這才是妳的歸宿。」說完，徑自走出了大廳。

上樓，坐定，我緩緩打開筆電。桌面上有一個陌生的檔案，按兩下點開，眼前閃過的是我們在拉薩時他替我拍的照片，有我一人站在華燈初上的布達拉宮的，有我在然烏湖畔的白色煙霧裡發呆的，有我在矮房子裡挑選黑膠唱片的，有我在火車上安靜地看向窗外的。每一張都有很好的視角，隨意而自然。只是，我始終想不起他是什麼時候悄悄拍下來的。

軟體還有一些操作選項，點開之後，是他這些年在不同的地方留下的痕跡。只是很多照片裡，都會看到一些奇怪的場景。在寮國香通寺，他側面站立，伸直手臂，微笑地將一個水杯舉到胸口的位置，似乎在餵水給誰喝；在泰姬陵的夕陽裡，他露出側臉，左手在身後牽起，好像在拉著誰的手。

最後，軟體彈出一個對話方塊，寫著：你知道嗎？下方是兩個選項：知道，不知道。我點開「不知道」，畫面閃出幾行字：

你知道嗎？那些只有你的照片是你在看風景時我偷偷拍下來的，你讓我知道這個世界原來有這麼多可以讓人專注的事。

你知道嗎？那些只有我的照片是我自拍的，空白的一部分是留給你的。

你知道嗎？如果那年沒有遇見你，我不會有勇氣離開固有的生活軌跡。

你知道嗎？我一直想像你在我身邊，和我一起旅行，唯有這想像，才能讓我忘記孤獨，一直前行。

或許，你是對的，一個人行走的日子太孤單，我們最終都需要一個安穩的歸宿。只是，現在，我還希望帶你去看更多的世界。

願我們各安天涯。

辦公室裡的人陸陸續續多起來，我擦拭了眼角的淚花，起身沖了一杯咖啡，站在窗前。路上的行人和車輛看起來十分微小，在如線條般的道路上緩慢移動。這個城市總有最忙碌的清晨，每個出入辦公大樓的人都衣著光鮮，寫就著這個城市的汗水和拚

搏。只是，總有一些人，不甘於平淡，過著與常人不同的生活，
他們風餐露宿，四海為家，為的只是心中那個小小的心願。

有飛機從天空飛過，藍，願你一切都好。

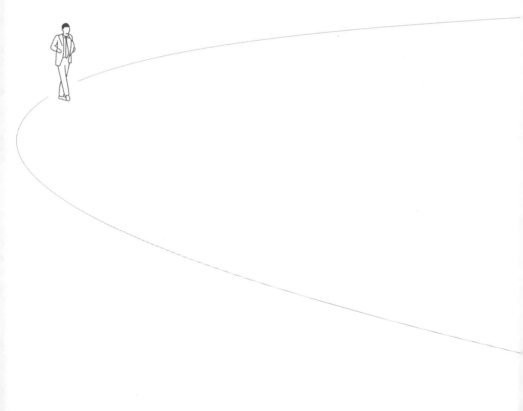

座標 27

結局

如果當婚姻才剛剛拉開帷幕，你都沒有足夠的熱情以最美的樣子走進去，以後的日子你是否還會有期待。

❝❝最美的婚紗❞❞

　　在一場婚禮裡，最令女孩子期待和心動的，是那件屬於自己的婚紗。每個女孩子都想像過自己穿上婚紗的模樣，那件婚紗，是一個女孩從讀懂第一部童話故事時就開始萌生的一種期待。童話裡，美麗的公主都會穿著漂亮的婚紗和王子過上幸福美好的生活。於是，一件婚紗變成了一段愛情的最終寄託，成了開啟一段婚姻的夢幻門簾。

　　在幾個閨密中，小夏的感情之路是最曲折的。經歷了一段五年的戀情之後，她就沒有再談過超過半年的戀愛。之前還能把新交往的男朋友帶給我們認識，後來就再沒有帶來過，因為還沒等我們見到這一個的廬山真面目，就已經被下一個替代了。不是她不願意用心，是她已經不知道該如何用心了。每一次相親都是衝

著結婚去的，如果不是適合的結婚對象，相處對大家來說都會是勞民傷財的事，小夏總是這樣認為。

記得我們都還在上學的時候，小夏就曾不只一次地想像過未來另一半的模樣，和自己穿上婚紗走紅地毯的場景。她喜歡翻看時尚雜誌，看到好看的婚紗都會拍下來傳給我們看，細說每一款婚紗的別緻之處，最常用的句型是「以後我的婚紗一定要……」那時候，我們說好結婚時一定要買一件屬於自己的婚紗，絕不穿被無數人穿過的那些，其他幾個無論結婚與否都要去做伴娘。我們還說，我們的婚紗將來要傳給自己的女兒、女兒的女兒，把幸福這樣一代代傳下去。

那五年的戀情耗費了她太多精力，她有很長一段時間都緩不過神來。那時候她也曾差點穿上婚紗，可最終兩個人一拍兩散，失去聯繫。

◆

走過這些年的跌跌宕宕，小夏終是要嫁了，是一個相親認識的男子。小夏把他介紹給我們的時候，說這是她的未婚夫，我們瞪大眼睛，驚訝得下巴差點都要掉了。小夏對他沒有心動的感

覺，只是覺得踏實。他對小夏也沒有戀人的細膩，只是像一個兄長一樣寬厚。

　　男子是一名設計師，襯衫筆挺，性情溫良，他身上的良好家教讓人覺得踏實，卻又難以親近。他很沉穩很理智，你幾乎看不出他的任何情緒。他們一起散步，小夏挽著他的手臂，側臉看到他的時候，也會有安心的感覺。他會幫小夏拿包包，幫小夏叫外送和購買生活用品，只是他從來不說愛，他表達感情的話是：我希望妳能做我的妻子。這樣的感情，小夏總是覺得缺少些什麼。

　　決定嫁給他之前，小夏一直很猶豫，她說她沒有愛的感覺，可是她又怕以後對誰都不再有愛的感覺，如果是這樣，這個品性溫存的男子或許是最好的選擇。

　　接下來是婚禮的準備，拍婚紗照、訂婚宴、發請帖，小夏在忙碌裡漸漸覺得疲憊，對即將到來的婚禮也沒有太多期待。

　　在挑選婚紗的時候，男人依然用冷靜理智的語氣跟小夏說：「只穿一次，我們租一件吧，好不好？」小夏聽得出男人徵求的語氣，或許她只要說一句「不」，男人無論多麼不願意，還是會買給她。可是，她沒有多說一句，立刻便答應了。

當小夏在一次聚會時說起這些的時候，我們都有些難過，這還是那個對自己的婚姻充滿無數想像和熱烈渴望的小夏嗎？我們曾說好的要買一套屬於自己的婚紗，為這輩子僅有的一次婚姻做最美好的證明，難道她都不記得了？

　　一個在婚紗上都不肯用心的新娘，這段婚姻是否也不會讓她用心？可是，和她一起逛街的時候，我分明會看到她會在巨大的櫥窗前駐足，眼睛盯著身著潔白婚紗的模特兒，久久不願離去。我分明看到，她在聽到我說準備訂做婚紗的時候，眼神裡閃過的落寞。

　　婚禮如期舉行。在婚禮當天的清晨，她看到床邊掛著租來的婚紗，心裡很不是滋味。在等待化妝師到來的時候，門鈴響起，一個年輕的男子手捧著一個巨大的盒子說：「夏小姐，有一份快遞需要您簽收。」她有些疑惑，不記得自己買過這麼大的東西。

　　簽收之後，關上門，小夏坐在沙發上，打開盒子。盒子裡面是一個包裝精美的稍小一些的盒子，有漂亮的絲帶和精緻的浮凸圖案，圖案是一個美麗女子身著白色婚紗的幸福模樣。她突然想到些什麼，有些緊張地抽開絲帶，打開盒蓋，一件潔白的婚紗安靜地躺在盒子裡，沒有絲毫褶皺。婚紗上面有一張信箋，她拿起來細細讀到：

夏，妳終於要嫁給我了，我是多麼高興。或許妳無法知道，當我第一次見到妳時，就有多心動。從小的家教讓我對任何事都要克己謹慎，所以，我在表達感情方面也顯得拙劣。可是，從妳決定嫁給我時，我就默默告訴自己，要讓妳幸福一輩子。

我知道，我不是一個在合適的時候出現的人。因為，妳還不能完全從過去走出來。可是我有足夠的耐心和愛讓妳知道，我會是最愛妳、最能給妳安全感的人。

我知道妳最大的夢想是在結婚的時候，穿上專屬於自己的婚紗，所以，很早我就訂做了這套婚紗，我相信妳一定會喜歡，因為我參與了這款婚紗的設計。自從認識妳之後，我只想做一個簡單的人，扔掉一些不好的習慣，認真對待一個人，對待人生。

我愛妳。

　　小夏內心湧起萬般感動，眼淚不自覺地掉了下來。她拿起婚紗，婚紗輕盈修長，顏色粉嫩清新，像古希臘神話中，被冥王黑帝斯一見鍾情的春之女神的模樣。她小心地將婚紗套在自己身

上，大小剛好合適。再配上精巧編製的花環，春之女神的形象靈動得彷彿夢幻一般，美得無法用語言表達，她被自己的模樣驚呆了。原來，自己也可以這麼美。

她想起他每天接送她上下班的執著，無論颱風下雨；想起她晚上肚子痛，他半夜送她去醫院，又陪床一整夜的溫暖；想起他出差在外地，無論多忙他都會關照她的一日三餐和生活起居。他是愛她的，而小夏，是被他寵壞的任性孩子。

童話裡從來都是以王子公主從此過上了幸福快樂的生活為結局。而事實上，生活很冗長，我們不知道後面會發生什麼，可是如果當婚姻才剛剛拉開帷幕，你都沒有足夠的熱情以最美的樣子走進去，以後的日子你是否還會有期待？

用從一本書上看到過的一句話來結尾吧：年輕時你可以錯過很多，但請不要錯過那個讓你渴望穿著婚紗在他身邊綻放笑容的人。

婚紗本無貴賤，披在愛情身上才是美的，我希望你有一件最美的婚紗。

專屬

情感一向厚此薄彼，無公平可言。
有的人集萬千寵愛於一身，有的人
卻一世與人爭寵。也許我們想要
的，只是一種坦然的姿態。

如果，可以給我一夜寵愛

「她說她找不到能愛的人，寧願居無定所地過一生。」林憶蓮的聲音蒼涼而令人疼痛。

寵有著修長的手指，她的指尖煙霧輕繞。

「我只是想擁有完整的愛情。」寵對我說，隔著方桌，眼神淡薄。酒吧裡昏暗的燈光給每個放肆的靈魂清淺的遮掩。

寵是一個美麗的女子，有迷人的眼睛和嫵媚的笑容，她用了不多的時間敷衍了學校裡的青澀時光。青春恣意的時候，她從一個安靜的鎮到了一個喧鬧的城。

在寵愛過的男子裡，飛是最帥氣的，她說他有一張完美的左臉。他用晚上的時間與她相守，吃她為他做的飯菜，寂靜的午夜他們在城市的黑暗裡穿梭，帶著速度。

他們從來不提感情，只是以絕望的姿勢徹夜纏綿。

某個凌晨，他從她身邊離開，最後的溫柔是印在寵額頭上的親吻。之後，徹底的消失。

◆

染是寵愛過的第三個男子，他有著清瘦的面容和好看的手指，還有一個知性的女友婷。寵讀懂他眼神裡的曖昧，可她無法忘記和他擠在一張床上的時光。

寵說，有夜幕做遮掩沒有什麼是不可以的，在那個黑暗封閉的小房子裡，她用熾熱的溫度迎合了染的身體。只是，壓抑後釋放的愛情，顯得委屈和笨拙，跌跌撞撞，流離失所。

婷在寵的日記裡找到了染的名字，友誼和愛情一起停止。那是一個滑稽的畫面，婷飛揚跋扈，她沉默不語，只是一直看著染。她看到染的退縮，她忽然就笑了，這個懦弱的男子，原以為可以一生相許，原以為可以給她安定和保護，卻只是鬧劇。

◆

故事以相同的情節重複，寵開始拒絕相信愛情。她無數次把

自己疲累的身體靠在一個穩定的肩膀上，她以為自己可以像彈掉灰塵一樣打發自己的愛情，可是她終究不是一個將就的人。

「沒有愛情，她只好趁著酒意釋放青春。」林憶蓮的聲音在循環之後再次響起。

「為什麼，我的愛情總是這麼委屈。」寵淺笑，高腳杯裡冰涼的雞尾酒在她的手掌間輕輕晃動，滑出好看的顏色。

她看著一個又一個男子被時光帶到眼前，又如退潮般黯然逝去，彷若昏暗裡的燭火閃現一下很快又熄滅。寵的疼痛是長久以來積蓄的鈍重，沉沉地凹陷下去。

感情一向厚此薄彼，無公平可言。有的人集萬千寵愛於一身，有的人卻一世與人爭寵。也許寵想要的，只是一種坦然的姿態。誰又不是在步入婚姻的平淡和瑣碎前尋找一段酣暢淋漓的愛情，即使結局是萬眾歸一的陳舊和絮叨，至少有過程可以回憶。

很多理性的解釋變得空洞牽強，我願意告訴她一切都在遠方，那個美好的男子將專屬於她一人。寵莞爾，「如果可以，我希望有一個人可以給我哪怕一夜真愛，不用給第三個人交代，沒

有謊言，沒有不忍。」

　　我微微點頭。

　　這個季節，微塵在空氣裡浮動，帶著陳舊的氣息。

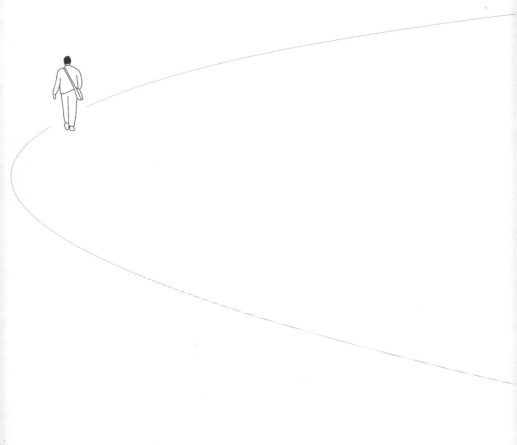

碰撞

> 每一對想要在一起的情侶都需要經
> 歷各種現實的碰撞和摩擦，才能落
> 入凡塵俗世的煙火氣息裡，活出真
> 實的模樣。

"不被祝福的愛情，
也有幸福的模樣"

　　席慕蓉說，幸福的愛情都是一種模樣，而不幸的愛情卻各有各的成因。其實，幸福的愛情也可以在各種不幸的成因裡，活出千萬種幸福的模樣。

　　可馨是我的閨密。我們在一起聊得最多的就是她這一段讓旁人十分不看好，他們自己卻愛得逍遙自在的感情。

　　男友比她小七歲。好吧，我承認這個年齡差異，已經超出了我的接受範圍，雖然我一向堅持戀愛不分年齡，只分兩人的愛情觀。當某一天，可馨掐著指頭算起她上大學時，男友竟然小學還未畢業時，著實被狠狠嚇了一跳。她的原話是：「原來，我比他老這麼多？」滿臉詫異外加失落的模樣。

有一段時間，可馨頻繁地注意法國總統馬宏和比他大二十四歲的妻子，關注王菲和謝霆鋒失而復得的愛情。一邊替自己重塑信心，一邊又有些彷徨。對於這一點，男友是這麼說的，「女性的平均壽命比男性長，男性的身體機能比女性衰退得快，所以，我們這樣的組合才是恰到好處。」儘管如此，兩個人一同外出的時候，還是會吸引別人的眼光，因為這個小她七歲的男友看起來比實際年齡還要小。

　　可是，他們卻把這種懸殊活成了調侃和樂趣。可馨經常戲稱男友是「小屁孩」，要男友叫自己「媽媽」，男友會佯裝生氣，喊一聲「奶奶」，可馨再脆生生地應一聲，兩個人鬧成一團。他們之間的經典對話是：

　　男：「你愛我嗎？」

　　女：「當然愛啊。」

　　男：「什麼愛？」

　　女：「母愛。」

◆

　　我們都以為，在這段關係裡，可馨應該是付出很多，很辛苦

的那個。可事實上，可馨才是這段感情裡的公主。男友事事寵著她，讓著她，寵溺她的任性和小脾氣。自己工作辛苦，還會花時間學程式設計，學編輯，只為了幫她打理很多力所能及的事情。男友時常說，「在我眼裡，妳永遠都是一個需要被照顧的小女孩。」

奇怪的是，在別人眼中成熟穩重的可馨，在男友面前不僅脾氣很大，還無法無天。而她發脾氣的緣由無外乎早上起床，男友沒有親吻她；男友工作忙碌，晚了幾分鐘回覆她的訊息；晚上入睡，男友沒有擁抱她諸如此類小得不能再小的問題。而事實上，男友在工作中是說一不二，有些霸道專橫的，卻願意在她面前收起自己身上的刺，給予她溫暖和包容。不得不說，愛情是一場賭博，你強他就會弱。

可男友卻這樣說，「算命先生跟我說過，我的命裡跟著一個女人，可能是來討上輩子的債的。原來，這個女人就是你。因為上輩子的虧欠，這輩子我要寵著妳，呵護妳，免妳憂愁，愛妳白頭。」

◆

可馨對我們講起過男友的過去，一個典型的花花公子。談了很多場戀愛，經歷過很多女人，任性地開始，草率地結束。我們

都很擔心她是否有能力收住這個花花公子，並且在以後的平淡日子裡也能夠對她始終如一。關於這一點，可馨很理性，她覺得一個經歷過諸多情感的人，更能知道自己需要的是什麼。因為擁有過，而不再好奇，因為嘗試過，而不會輕易被誘惑。

這個世界，想找一個從一而終的人和一段從一而終的感情，需要很大的運氣和努力，無論你遇到誰，愛上誰，都不能百分之百保證你們相愛到老。就像她曾經篤信的前任，還是在另一個女人的溫暖裡丟棄了她。所以，在她的人生信念裡，只要以目前她的認知，覺得是一段可以繼續的感情，就值得珍惜。

當然，男友也沒有辜負她，刪掉了通訊軟體裡所有可能讓他們產生誤會的異性，放棄了曾經下了班就混跡各種酒吧的夜生活，除了工作應酬外，所有有異性參加的聚餐都拒不參加。每天下了班就抱著電話和可馨講電話，利用一切可利用的時間去見她。他為她變成了一個徹頭徹尾的宅男。

◆

如果說年齡相差懸殊、生活背景迥異還不足以說明兩人相愛的困難，那麼所有人的反對，特別是雙方父母的反對，也足以讓

大多數愛情夭折。

　　很多聽眾曾經問我，不被父母祝福的愛情要不要繼續。這是個千年難題，任誰也無解。你可以說，父母的看法要重視，他們畢竟見多識廣，可是被父母耽誤的大齡單身男女青年並不在少數。你也可以說，自己的婚姻要自己做主，可是不被祝福的婚姻總是困難重重，難以割捨的親情讓你無以選擇。

　　可馨的父母堅決反對她和男友在一起，因為男友符合他們心目中所有會背叛他們女兒的壞男人形象，比如家境好，比如職業從商，比如比她小。男友的父母反對也很堅決，除了年齡的問題外，他們一心想為自己的兒子找一個家境殷實，可以在事業上對兒子有所幫助的女孩，很顯然，可馨不是。

　　所有因為外在原因而分手的情侶，都是因為愛得不夠。這句話，我深以為然。儘管雙方家庭激烈反對，可兩個人分別加了對方父母的通訊帳號，曉之以理，動之以情，不停地告訴父母他們相愛的力量和決心。很多時候，父母會反對一場婚姻，是因為他們並不能看到另一半的好。而這些，需要相愛的兩個人一起呈現給他們，不僅僅是用語言，更是用行動，用愛。

　　最後，父母們留下一句，「生活是你們自己過的，希望你們

都為自己的所作所為負責，並且愛護好自己，愛護好彼此。」也算是默許了。

　　你看，不是所有幸福的愛情都是甜言蜜語，親密無間，完美相配的。**每一對想要在一起的情侶都需要經歷各種現實的碰撞和摩擦，才能落入凡塵俗世的煙火氣息裡，活出真實的模樣。**
　　願所有不被祝福的愛情，也能找到自己的歸宿。

於心不忍

從一開始的視若珍寶，到後來的習以為常，女人在男人變化的態度裡，讀懂了愛情的瑣碎和庸常。

❝ 一場預謀已久的分手 ❞

　　天微微亮，她悄悄在APP上預訂了蛋糕和一束玫瑰。背包裡是這次見他之前，她跑了很多地方為他買的手環。

　　再過兩天是他的生日，也是七夕節。這是她第一次為他準備生日，而兩個節日的疊合，讓她花了更多心思在上面。她希望這個假期，他們能愉快地度過。

　　只是，這個美好的願望被兩個人無休止的爭吵撕碎。從見面前的半個小時開始，他們的吵架模式和度假模式一起開啟。

　　你有過這種經歷嗎？明知道一段感情不可能有結果，卻依然會執著地開始。一年前，她開始了一場不被任何人看好的戀愛。所有人在評價他們的關係時，都說了三個字──「不適合」，不僅僅是因為他們之間隔著遠距離，更因為他們性格迥異。

他們不相信所謂的合適與否，他們相信只要相愛，一切都不是問題。可是，上天並沒有因為這份執著而眷顧他們。他們在過去的一年裡不停地爭吵，有時候吵到天翻地覆，有時候又是曠日持久地冷戰。只是，每次爭吵之後，兩個人又總能找到合適的契機緩和。

　　剛和好的時候，他們都會用百倍的耐心對待彼此，生怕一不小心，對方就會從自己的生命裡消失一樣。這種謹小慎微讓他們覺得更愛彼此。他們也會說以後再也不吵了，再也不提分手了。可是下次爭吵的時候，依然是一場硝煙彌漫的戰爭，所有的情景都會再次重複上演。

　　他們都太過偏執，喜歡站在自己的角度考慮事情，把自己的看法和情緒強加給對方。他們都太過倔強，不肯委屈自己的情緒和意願，卻期待對方服從和低頭。他們都太過自我，希望自己始終是那個被照顧的孩子，卻吝惜付出。

　　如果有一件事是從他們相愛以來幾乎每天都在堅持的，恐怕也只有爭吵了。兩人在調侃的時候，會說這是他們相愛的唯一證據，也會在某一個沒有大的情緒波動的日子裡，欣喜地說要把這一天留作紀念。

她時常也會疑惑，他們如此爭吵，是因為不夠愛，還是因為太愛。或者，真的如旁人所說，他們「不適合」。每次爭吵時，她的絕望感都很濃烈，覺得看不到未來，沒有希望。絕望到極致的時候，她會用盡全力地想要掙脫他。

◆

　　前一天晚上，他們再次爭吵，吵到最後，兩人在床的兩邊各自睡去，身體之間留有大片空白。她想起他們相愛的最初，每晚都會相擁而眠，她還清晰記得他重重的呼吸撲在她臉頰的溫潤感。她想起那個時候，他們從來不會帶著怨氣過夜，所有的問題都會在睡前解決，然後疼愛地抱著彼此入睡。她想起從前，他執著地在意她的一切小脾氣，一定要讓她平順後才肯放心工作或者睡去。

　　她是一個很敏感的人，敏感地捕捉著他不愛她的蛛絲馬跡。儘管這些細微的痕跡從來不被他承認。可是，她也得不到一個合理的解釋。於是，她寧願認為，他對她的愛不再如從前。

　　這似乎是男人和女人之間難解的問題。戀愛一個月和戀愛一年，甚至更久的差別。從一開始的視若珍寶，到後來的習以為

常，女人在男人變化的態度裡，讀懂了愛情的瑣碎和庸常。

　　她聽到他微微的鼻息，卻始終無法睡去。她曾經有過一段三年的愛情，從最初的熾熱到後來的平淡，他們終究是不堪忍受死水般的生活而選擇分開。她忽而覺得，如果他們的將來也會變成她的曾經，她又為何非要對一個人死心塌地。

　　這樣的想法讓她覺得悲涼，或許，能爭吵也是一件好事，至少能在爭吵裡有來言去語，至少還有爭論的力氣。

　　一晚不眠，她最終決定離開，在為他過完生日之後。

◆

　　他醒來後，和以往的每一次爭吵之後一樣，走到她面前說，「不要生氣了，是老公不好，以後再也不吵了好不好。」她微微一笑，這句話她聽了很多遍，他們之間總是不能真正解決問題，這才是她最焦灼的地方。她安撫地摸了摸他的臉頰，打開電腦開始工作。

　　她放了一首他們都喜愛的歌曲〈心有獨鍾〉。音樂響起的時候，太多一起經歷的心酸一幕幕浮現，讓她淚盈於睫。這一年來，他為了見她，凌晨兩點還奔波在趕回公司的路上。她為了

他，放棄了繼續深造的機會。為了給她一個家，他貸款買下一間房，自己設計，自己裝修，還為她設計了專屬的工作室。她為了讓他安心，甘願放棄自己辛苦打拚的事業。

他在床上看書，邊看邊喊她，老婆，我的指甲長了，要不要幫我剪掉。她輕輕回覆，好。起身走到他跟前，跪在床邊的地毯上，拉過他的手。他的手纖細好看，她曾經看著這雙手彈吉他，彈她喜歡的曲子。

他們本是被過去生活捆縛下毫不相干的兩個人，為了相見，赤腳徒步走向彼此。為了相愛，甘願剝去與過去生活千絲萬縷的聯繫，坦誠相對。儘管，這個過程有改變的陣痛，有不同步的矛盾，有融合的辛苦，有對未來的遲疑，可短暫的迷茫之後，他們還是會義無反顧地奔向彼此。

有眼淚滴落在他纖長的手指上，他竟然毫無知覺。這個粗心的男人在她細膩的情感裡，更像一個孩子。朋友說，和他在一起，你會很累，你該找一個成熟、懂你的男人。

可是，那又怎麼樣呢，相識就是這樣無意，相愛也是這樣心不設防。誰能在還未相見的時候，就預兆一段感情的開始。她內心的不捨和眼淚一起洶湧。

如果遲早要分開，不如趁早放手。這是她對待愛情的態度。她背過身，悄悄擦拭了眼淚。

◆

　　外送的電話響起，她催促他去取。他疑惑，你訂了什麼？她說，你去了就知道了。

　　他拿著花和蛋糕從門外擠進來的時候，臉上滿是笑意。老婆，這是買給我的嗎？我的生日還有兩天啊。她故作輕鬆地說，當然是給你的。你看我們天天吵架，萬一等不到你過生日的時候，分手了呢。

　　他假裝生氣地瞪了她一眼，說，有妳這樣的嗎？天天想著分手。說完，把她拉進懷裡，輕聲說，我們還要在一起一輩子呢。

　　她看他放好玫瑰花，打開蛋糕包裝，插上蠟燭，自顧自地唱起：祝我生日快樂。這個男人有時候很簡單，有孩子般的單純。可是她情緒低落，這是她打算為他過的第一個也是最後一個生日，這是她預謀已久的一場離別。

　　感情裡，最痛苦的事情，不是因為不愛而分手，這是成全。而是原本還相愛的兩個人，因為看不到希望而提前離場。這一切

是因為太過理性，還是太做作。她也不明白。

　　她看著他像個小孩一樣拍手，微笑，眼淚不自覺湧出。看到她的眼淚從鼻翼處流了下來，他一下子慌亂起來，趕忙用手擦去她的眼淚，柔聲問道：「怎麼了，老婆，為什麼哭了呢？」她趕緊笑著說：「第一次跟你一起過生日，太開心了。」

　　他終究是愛她的，只是他們都只會用自己的方式愛對方，卻忽略了對方的感受。她不明白為什麼有些人對感情的掌控可以易如反掌，投入和抽身一樣隨性。她只要開始一段戀情，就無法說走就走。那種明知不可能而為之的煎熬，與依然愛著的心酸反覆糾結碰撞，讓她內心疼痛。她還是做不到愛就愛了，哪怕萬劫不復，所以每一次選擇都是一場沉沉的背負。

　　她能想到他失去她的痛苦，也能想到自己轉身後的難過。她甚至堅持認為，他一定會拚命去找她，在所有他們走過的地方，流很長時間的眼淚，感受綿延的孤絕。這一切，都讓她於心不忍。

　　這個夜晚，他們相擁著入睡，和剛剛相愛時一樣。她在他沉沉的鼻息裡很快睡著。或許，他沒有變，他們的感情也沒有變，

改變的是她與日俱增的不安和焦慮。

　　她預謀的一場分手，在這個生日之後不了了之，她知道他們可能再次陷入爭吵──分手──和好──相愛的循環裡，她可能還會在一次瘋狂的爭吵後預謀另外一場離別，她不知道這場循環往復會在什麼時候戛然而止。

　　誰又知道呢？

微文學 49

被晚安豢養的人

作　　　者── 曉希
副 主 編── 朱晏瑭
封面設計── 謝捲子
內文設計── 林曉涵
校　　　對── 朱晏瑭
行銷企劃── 謝儀方

第五編輯部總監 ── 梁芳春
董 事 長── 趙政岷
出 版 者── 時報文化出版企業股份有限公司
　　　　　　 108019 臺北市和平西路 3 段 240 號
　　　　　　 發 行 專 線 ─ (02)23066842
　　　　　　 讀者服務專線 ─ 0800-231705、(02)2304-7103
　　　　　　 讀者服務傳真 ─ (02)2304-6858
　　　　　　 郵　　　　 撥 ─ 19344724 時報文化出版公司
　　　　　　 信　　　　 箱 ─ 10899 臺北華江橋郵局第 99 信箱
時 報 悅 讀 網 ── www.readingtimes.com.tw
電子郵件信箱── yoho@readingtimes.com.tw

法律顧問 ── 理律法律事務所 陳長文律師、李念祖律師
印　　　刷 ── 勁達印刷有限公司
初 版 一 刷 ── 2021 年 10 月 1 日

定　　　價 ── 新臺幣 350 元
（缺頁或破損的書，請寄回更換）

被晚安豢養的人/曉希作. -- 初版. -- 臺北市：時報文
化出版企業股份有限公司, 2021.10
　面；　公分

ISBN 978-957-13-9431-2（平裝）

855　　　　　　　　　　　　　　　110014924

我們總是這樣，
想做這件事，想做那件事，
想的時候會有各種幻想和動力，
覺得一切都在自己的掌握中。

可是當付諸行動時，
任何一點細微的挫折都可能讓我們放棄。
於是，那個想做的事情只能停留在想的階段，
我們靠著不需要任何成本的想像虛晃地支撐起了這一生。

我們永遠都不會知道跨過那個想像的階段，
世界將會是什麼顏色，
有了第一次的開始，生活又會有什麼不同。

其實，很多時候，我們都太在意自己的情緒了，
忘記了無所顧忌地爭吵可以發洩情緒，
但是感情的裂痕會隨著彼此的暴戾而憤怒地擴張。

忘記了傷害的語言正是出自你們曾互相親吻的唇齒。
忘記了站在原地的那個人需要多麼巨大的勇氣，
才敢去拉住一個拚命想要離開的人。
忘記了在分崩離析的瞬間仍不放手，
咬緊牙關再妥協一下的那個人，才是真的愛你。

忘記了每個任性的本錢，都是對方給予的愛。

如果有一天，我離開你了，
你要記得無論以後愛上誰，
都不要再想起我。

你要給她全部的愛和感情，
你要全心全意去對她。
和你在一起的時候，
我那麼介意自己會成為別人的替身，
介意你對過去的每一次回憶，
介意你提到她時眼神裡的游移，
介意你下意識地對我和她的比較。

那個陪你走過一程的人，無論給予了你多少眼淚和幸福，
都只是過客。

你用生命承擔過，就已經足夠。